O CAMINHO DE SAN GIOVANNI

Obras do autor publicadas pela Companhia das Letras

Os amores difíceis
O barão nas árvores
O caminho de San Giovanni
O castelo dos destinos cruzados
O cavaleiro inexistente
As cidades invisíveis
As cosmicômicas
Fábulas italianas
Marcovaldo ou As estações na cidade
Os nossos antepassados
Palomar
Perde quem fica zangado primeiro
Por que ler os clássicos
Seis propostas para o próximo milênio — Lições americanas
Se um viajante numa noite de inverno
Sob o sol-jaguar
O visconde partido ao meio

ITALO CALVINO

O CAMINHO DE SAN GIOVANNI

Tradução:
ROBERTA BARNI

1ª reimpressão

COMPANHIA DAS LETRAS

Copyright © 1995 by Palomar s.r.l.
Proibida a venda em Portugal

Título original:
La strada di San Giovanni

Capa:
Hélio de Almeida

Preparação:
Norma Marinheiro
Mario Vilela

Revisão:
Beatriz de Freitas Moreira
Ana Maria Alvares

Dados Internacionais de Catalogação na Publicação (CIP)
(Câmara Brasileira do Livro, SP, Brasil)

Calvino, Italo, 1923-1985.
O caminho de San Giovanni / Italo Calvino ; tradução
Roberta Barni. — São Paulo : Companhia das Letras, 2000.

Título original: La strada di San Giovanni.
ISBN 85-359-0009-8

1. Romance italiano I. Título.

00-1549   CDD-853.91

Índices para catálogo sistemático:
1. Romances : Século 20 : Literatura italiana   853.91
2. Século 20 : Romances : Literatura italiana   853.91

2000

Todos os direitos desta edição reservados à
EDITORA SCHWARCZ LTDA.
Rua Bandeira Paulista, 702, cj. 32
04532-002 — São Paulo — SP
Telefone: (11) 3846-0801
Fax: (11) 3846-0814
www.companhiadasletras.com.br

ÍNDICE

Apresentação, *7*

Prefácio, *13*
O caminho de San Giovanni, *15*
Autobiografia de um espectador, *39*
Lembrança de uma batalha, *65*
La poubelle agréée, *77*
Do opaco, *103*

Nota da edição italiana, *119*

APRESENTAÇÃO

O caminho de San Giovanni *foi publicado pela primeira vez em maio de 1990, com organização de Ester Calvino, na série de luxo "I libri di Italo Calvino" da editora Mondadori. A coletânea baseia-se essencialmente numa lista de textos indicados por Calvino, em nota de próprio punho, com o título "Passaggi obbligati".*

Por motivos óbvios, não é possível apresentar este livro com palavras especialmente escritas pelo autor. Mas, dado o caráter de memória pessoal das cinco narrativas que o compõem, pareceu-nos útil, para melhor esclarecer o contexto familiar e histórico, reproduzir algumas páginas de um dos mais sugestivos textos autobiográficos de Calvino: "Un'infanzia sotto il fascismo", publicado no outono de 1960 na revista juvenil Il Paradosso *e reimpresso em* Eremita a Parigi. Pagine autobiografiche (Milão, Mondadori, 1994, pp. 149-66). Segue um breve testemunho de Calvino, sobre sua intensa temporada de espectador cinematográfico em San Remo, publicado no diário* Il Messaggero *em 19 de junho de 1984.*

Cresci numa cidadezinha bastante diferente do resto da Itália à época em que eu era criança: San Remo, naquele tempo ainda habitada por velhos ingleses, grão-duques russos,

■ *O CAMINHO DE SAN GIOVANNI*

gente excêntrica e cosmopolita. E minha família era bastante insólita, quer para San Remo, quer para a Itália daqueles tempos: meus pais eram pessoas já não tão jovens, cientistas, amantes da natureza, livres-pensadores, personalidades diferentes entre si e ambas em oposição ao clima do país. Meu pai, originário de San Remo, de família mazziniana, republicana, anticlerical e maçônica, fora na juventude anarquista kropotkiniano e, posteriormente, socialista reformista; vivera muitos anos na América Latina e não conhecera a experiência da Primeira Guerra Mundial. Minha mãe, de família leiga da Sardegna, crescera na religião do dever cívico e da ciência, socialista intervencionista em 1915, mas com tenaz fé pacifista. De regresso ao país após anos no exterior, enquanto o fascismo estabelecia seu poder, meus pais encontraram uma Itália diferente, difícil de compreender. Meu pai procurava, sem muita sorte, colocar a serviço do país sua competência e honestidade e tentava considerar o fascismo segundo o parâmetro das revoluções mexicanas que vivera e com o espírito prático e conciliador do tradicional reformismo lígure. Minha mãe, irmã de um professor universitário que assinara o Manifesto Croce, era de um antifascismo intransigente do pré-guerra. Ambos cosmopolitas por vocação e experiências, e ambos crescidos no ímpeto geral de renovação do socialismo pré-bélico, aguçavam suas simpatias, mais do que para com a democracia liberal, para com todos os movimentos progressistas fora do comum: Kemal Ataturk, Gandhi, os bolcheviques russos. O fascismo inseria-se nesse quadro como um caminho entre tantos outros, mas um caminho errado, conduzido por ignorantes e desonestos. Do fascismo, minha família criticava a violência e, além disso, a incompetência, a cobiça insaciável, a supressão da liberdade de crítica, a agressividade na política externa; particularmente acirrada era a crítica a dois pecados capitais: a aliança com a monarquia e a conciliação com o Vaticano.

APRESENTAÇÃO ■

[...]

No 25 de julho eu tinha ficado desiludido e ofendido com o fato de uma tragédia histórica como o fascismo terminar mediante um simples ato administrativo como uma deliberação do Gran Consiglio. Sonhava com a revolução, com a regeneração da Itália pela luta. Depois do 8 de setembro, ficou claro que esse vago sonho se tornava realidade: tive de aprender como é difícil viver os próprios sonhos e estar à altura deles.

Minha escolha pelo comunismo não se sustentava em motivações ideológicas. Sentia a necessidade de partir de uma "tábula rasa" e, por isso, definira-me como anarquista. Em relação à União Soviética, eu tinha todo o arsenal de desconfianças e objeções que se costumava ter, mas também ressentia o fato de que meus pais sempre haviam sido, de maneira inalterável, filossoviéticos. Acima de tudo, porém, sentia que naquele momento o que contava era a ação, e os comunistas eram a força mais ativa e organizada. Quando soube que o primeiro chefe *partigiano* de nossa área, o jovem médico Felice Cascione, comunista, caíra em combate contra os alemães em Monte Alto, em fevereiro de 1944, pedi a um amigo comunista para ingressar no partido.

Imediatamente puseram-me em contato com companheiros operários, tive tarefas de organização dos estudantes no Fronte della Gioventù, e um texto meu foi mimeografado e difundido clandestinamente. (Era um daqueles apólogos meio humorísticos, como tantos já havia escrito e ainda continuaria escrevendo, e versava sobre as objeções de caráter anarquista que condicionavam minha adesão ao comunismo: a sobrevivência do exército, da polícia, da burocracia no mundo futuro; infelizmente não o guardei, mas ainda espero encontrar algum antigo companheiro que o tenha.)

■ *O CAMINHO DE SAN GIOVANNI*

Estávamos no ponto mais periférico do tabuleiro da Resistência italiana, desprovido de recursos naturais, de ajuda dos Aliados, de lideranças políticas influentes; ainda assim, foi um dos focos mais aguerridos e impiedosos da luta ao longo dos vinte meses que ela durou, e ficou entre as áreas que tiveram maior porcentagem de baixas. Sempre me foi difícil contar em primeira pessoa minhas recordações de guerra *partigiana*. Poderia fazê-lo segundo várias chaves narrativas, todas igualmente verídicas — desde revocar a comoção dos afetos em jogo, dos riscos, das ansiedades, decisões, mortes, até, ao contrário, apostar na narração herói-cômica das incertezas, dos erros, dos contratempos, das desventuras com que topava um jovem burguês, politicamente despreparado, falto de toda experiência de vida e que até então vivera com a família.

Não posso deixar aqui de lembrar (até porque essa personagem já apareceu nestas notas) o lugar que minha mãe teve naqueles meses, como exemplo de tenacidade e coragem numa Resistência concebida como justiça natural e virtude familiar, ao exortar os dois filhos a participarem da luta armada, e em seu comportamento digno e firme diante das ss e dos militares, e na longa detenção como refém, e quando a brigada fascista por três vezes fingiu fuzilar meu pai diante dos olhos dela. Os fatos históricos dos quais as mães participam adquirem a grandeza e a invencibilidade dos fenômenos naturais.

O cinema foi uma das fontes principais de minha formação. Nos anos 30 e 40, em San Remo, eu ia todos os dias ao cinema, por vezes até duas ao dia. Havia cinco cinemas, três de primeira linha que só passavam estréias — Centrale, Supercinema e Sanremese —, e dois de reprises ou menores em tamanho. Assistia sobretudo a filmes americanos e fran-

10

ceses. Era a época dos *Lanceiros da Índia*, do *Grande motim*, das comédias policiais-românticas com Myrna Loy e William Powell, dos musicais de Fred Astaire e Ginger Rogers, dos policiais de Charlie Chan e dos filmes de terror de Boris Karloff. Vi tudo até a morte de Jean Harlow, que revivi muitos anos depois na morte de Marilyn Monroe, numa época mais consciente da carga neurótica de todo símbolo.

A minha era uma paixão individual, e, no entanto, o cinema era um ponto de encontro, com os colegas da escola, com os outros adolescentes, embora naquela época ainda não existisse a cinefilia intelectual de hoje. O cinema era tema de diálogo e discussão, muito mais que os livros, muito mais que a literatura.

PREFÁCIO

Certo dia da primavera de 1985, Calvino disse-me que escreveria mais doze livros. "Aliás", acrescentou, "talvez quinze."

Não há dúvida de que o primeiro teria sido *Lezioni americane* [*Seis propostas para o próximo milênio*]. No que concerne ao segundo e ao terceiro, acredito que mesmo ele tivesse idéias meio vagas. Elaborava e tornava a elaborar listas, modificava alguns títulos, alterava a cronologia de outros.

Entre as obras em andamento, uma se constituiria de uma série de "exercícios de memória". Reúno neste volume cinco desses exercícios, escritos entre 1962 e 1977. Sei, no entanto, que ele tencionava escrever outros: "Instruções para o sósia", "Cuba", "Os objetos". Pensei, assim, que melhor seria renunciar ao título *Passaggi obbligati* [Passagens obrigatórias], porque muitas me parecem as passagens faltantes.

Esther Calvino

O CAMINHO DE SAN GIOVANNI

Uma explicação geral do mundo e da história deve levar em conta, antes de mais nada, a localização de nossa casa, na região outrora chamada *punta di Francia*, a meia altura da encosta, sob a colina de San Pietro, como uma fronteira entre dois continentes. Para baixo, assim que se passava nosso portão e a rua particular, começava a cidade com as calçadas as vitrinas os cartazes de cinema as bancas, e a piazza Colombo logo ali, e a marina; para cima, bastava sair pela porta da cozinha e já era o *beudo* que passava atrás da casa, a montante (vocês sabem, o *beudo*, que desvia as águas das torrentes para a irrigação dos terrenos da costa: um pequeno canal junto a um muro, flanqueado por um estreito calçamento de lajes de pedra, totalmente plano), e logo se estava no campo, subindo pelos seixos das trilhas de mulas, entre muros de pedras secas e estacas de vinhedos e o verde. Era sempre por ali que meu pai saía, vestido à moda dos caçadores, com as perneiras, e ouvia-se o passo de seus sapatos com travas avançando pelo *beudo*, e o tilintar de latão do cachorro, e o guinchar do portãozinho de ferro que dava para o caminho de San Pietro. Para meu pai, o mundo começava era dali para cima, e a outra parte do mundo, a de baixo, não passava de apêndice, por vezes necessário para

17

■ *O CAMINHO DE SAN GIOVANNI*

tratar de algumas coisas, mas estranho e insignificante, a ser atravessado a passos largos, quase em fuga, sem olhar ao redor. Eu não, comigo era exatamente o oposto: para mim o mundo, o mapa do planeta, ia de nossa casa para baixo, o resto era espaço em branco, sem significados; os sinais do futuro, eu esperava decifrá-los lá embaixo, através daquelas ruas, daquelas luzes noturnas que não eram somente as ruas e as luzes de nossa pequena cidade apartada, mas *a* cidade, uma fresta de todas as cidades possíveis, como seu porto já era os portos de todos os continentes, e, ao me debruçar nas balaustradas de nosso jardim, tudo que me atraía e embasbacava estava ao alcance da mão — e, no entanto, extremamente distante —, tudo era coisa implícita, como noz na casca, o futuro e o presente, e o porto — sempre a me debruçar naquelas balaustradas, e nem sei direito se estou falando de uma idade em que nunca saía do jardim ou de uma idade em que sempre fugia por aí, porque agora as duas idades fundiram-se numa só, e essa idade e os lugares são uma coisa só, lugares que já não são lugares nem nada —, o porto não se via, escondido pela borda dos telhados das casas altas da piazza Sardi e da piazza Bresca, dali aflorando apenas a tira do cais e as pontas dos mastros dos barcos; e as ruas também ficavam escondidas, eu nunca conseguia fazer com que sua topografia coincidisse com a dos telhados, tão irreconhecíveis se mostravam daqui de cima proporções e perspectivas: ali, o campanário de San Siro, a cúpula em pirâmide do teatro municipal Principe Amedeo; aqui, a torre de ferro da antiga fábrica de elevadores Gazzano (os nomes, agora que as coisas não existem mais, impõem-se insubstituíveis e peremptórios na página, para serem salvos), as mansardas da assim chamada "casa parisiense", um edifício de apartamentos de aluguel, propriedade de uns primos nossos, que naquela época (estou agora por volta de 1930) era um solitário posto avançado das metrópoles distantes

O CAMINHO DE SAN GIOVANNI ■

que fora parar no barranco da torrente San Francesco… Do outro lado, feito bastidor — a torrente ficava escondida lá embaixo, com os juncos, as lavadeiras, a imundície do lixo debaixo da ponte do Roglio —, erguia-se a ribanceira de Porta Candelieri, onde, plantada num terreno íngreme, havia uma horta, àquela época de nossa propriedade, e onde, cinzenta e porosa como um osso desencavado, com segmentos negros de piche, ou amarelos, e tufos de grama, se agarrava a velha casbá da Pigna, dominada por um parque público bem ordenado e um tanto triste — no lugar do bairro de San Costanzo, destruído pelo terremoto de 1887 — que, com suas cercas vivas e latadas, subia a colina: até a pista de baile do círculo operário, montada sobre palafitas, até o palacete do velho hospital, o santuário setecentista da Madonna della Costa, com sua imponente mole azul. Chamamentos de mães, cantos de moças ou de beberrões, conforme a hora e o dia, desatavam dessas encostas sobreurbanas e baixavam em nosso jardim, cruzando claros um céu de silêncio, enquanto, encerrada entre as escamas vermelhas dos telhados, a cidade soava confusamente seu ruidar metálico de bondes e martelos, e a corneta solitária no pátio do quartel De Sonnaz, e o ziziar da serraria Bestagno, e — no Natal — a música dos carrosséis na marina. Cada figura, cada som, remetia a outros, mais pressentidos que ouvidos ou vistos, e assim por diante.

O caminho de meu pai também levava longe. Do mundo, ele via somente as plantas e o que tivesse relação com plantas, e de cada planta dizia em voz alta o nome, no latim absurdo dos botânicos, e o lugar de procedência — sua paixão fora, a vida toda, conhecer e aclimatar plantas exóticas —, e o nome vulgar, se houvesse, em espanhol ou inglês ou em nosso dialeto, e nesse nomear as plantas punha a paixão de estar dilapidando um universo sem fim, de se aventurar, a cada vez, até as fronteiras extremas de uma genealo-

19

■ *O CAMINHO DE SAN GIOVANNI*

gia vegetal, e em cada ramo ou folha ou nervura abrir para si um caminho como que fluvial, na linfa, na rede que cobre a verde terra. E o cultivo — pois cultivar também era uma paixão, sua primeira paixão aliás. No cultivo de nossas terras de San Giovanni — ele ia para lá todas as manhãs, saindo pela porta do *beudo* com o cachorro, meia hora de caminhada medida por seu passo, quase toda em subida —, punha uma perpétua ansiedade, como se lhe importasse não tanto fazer render aqueles poucos hectares, mas fazer tudo que podia para levar adiante uma tarefa da natureza que necessitava da ajuda humana, cultivar todo o cultivável, pôr-se como elo de uma história que continua, desde a semente, o tanchão de transplante, a borbulha para o enxerto, até a flor o fruto a planta, e tudo de novo sem começo e sem fim no estreito limite da terra (da nossa ou do planeta). Mas, para além das faixas de cultivo, um cacarejar, um frufrulhar, um imperceptível movimento da grama era o bastante para que ele erguesse de chofre os olhos redondos e fixos e a barbicha pontuda, ficasse todo ouvidos (tinha um rosto estático, de mocho, às vezes com repentes de ave de rapina — águia ou condor), e aí já não era o homem do campo, mas o homem dos bosques, o caçador, porque esta era sua paixão — a primeira, sim, a primeira, ou seja, a última, a forma extrema de sua paixão única, conhecer cultivar caçar, insistir, persistir de todas as maneiras nesse bosque selvagem, no universo não antropomorfo, diante do qual (e somente aí) o homem era homem — caçar, pôr-se à espreita, a noite fria antes do alvorecer, pelos topos escalvados de Colla Bella ou Colla Ardente, à espera do tordo, da lebre (caçador de preia de pêlo, como desde sempre os agricultores lígures, seu cão era um sabujo), ou embrenhar-se no bosque, batê-lo palmo a palmo, com o cachorro de nariz no chão, por todas as passagens de animais, por todas as quebradas em que nos últimos cinqüenta anos raposas e texugos tinham cavado suas tocas, e que só ele conhecia, ou então — quando ia sem espingarda — lá onde os cogumelos, ao aflorar, incham a terra encharcada depois da chuva ou a estriam os escargôs, o bosque, familiar em seus topônimos dos tempos de Napoleão — Monsù Marco, Fascia del Caporale, Cammino dell'Artiglieria —, e toda caça e toda pista serviam, contanto que obrigassem a percorrer quilômetros a pé fora dos caminhos, batendo a montanha vale por vale dias e noites a fio, dormindo naqueles rudimentares secadouros de castanhas, a que chamam *"cannicci"*, mas feitos de pedras e galhos, sozinho com o cão ou a espingarda, até o Piemonte, até a França, sem nunca sair do bosque, abrindo o caminho, aquele caminho secreto que somente ele conhecia e que atravessava todos os bosques, que unia todo bosque num único bosque, todo bosque do mundo num bosque para além de todos os bosques, todo lugar do mundo num lugar para além de todos os lugares.

Vocês hão de compreender quanto nossos caminhos divergiam, o de meu pai e o meu. Mas, e eu? Afinal, que caminho eu buscava senão o mesmo de meu pai, cavado na densidão de outra estranheza, no supramundo (ou inferno) humano? O que buscava com o olhar pelos átrios mal iluminados da noite (a sombra de uma mulher, às vezes, desaparecia ali) senão a porta entreaberta, a tela do cinema a ser atravessada, a página a ser virada que introduz num mundo em que todas as palavras e figuras pudessem se tornar reais, presentes, experiência minha, não mais o eco de um eco de um eco?

Falarmos um com o outro era difícil. Ambos de índole prolixa, possuídos por um mar de palavras, juntos ficávamos mudos, caminhávamos lado a lado em silêncio pelo caminho de San Giovanni. Para meu pai, as palavras deviam servir como confirmação das coisas e como sinal de posse; para mim, eram previsões de coisas mal vislumbradas, não pos-

■ O CAMINHO DE SAN GIOVANNI

suídas, presumidas. O vocabulário de meu pai dilatava-se no interminável catálogo dos gêneros, das espécies, das variedades do reino vegetal — cada nome era uma diferença colhida na densa compacidade da floresta, a confiança de ter, desse modo, ampliado o domínio do homem —, e na terminologia técnica, em que a exatidão da palavra acompanha o esforço de exatidão do ato, do gesto. E toda essa nomenclatura babélica se empastava num fundo idiomático igualmente babélico, para o qual afluíam várias línguas, misturadas conforme as necessidades e as lembranças (o dialeto para as coisas locais e bruscas — possuía um léxico dialetal de rara riqueza, cheio de verbetes caídos em desuso; o espanhol para as coisas genéricas e gentis — o México fora o cenário de seus anos mais venturosos; o italiano para a retórica — era, em tudo, homem do século XIX; o inglês — visitara o Texas — para a prática, o francês — para a brincadeira), e daí advinha um discurso todo entretecido de bordões que retornavam pontualmente em resposta a situações fixas, exorcizando os movimentos do espírito, também este um catálogo, paralelo ao da nomenclatura agrícola — e ao outro, não de palavras, mas de silvos, pipios, trilos, chilreios, piados, que se devia à sua perícia em imitar o canto das aves, quer com um simples movimento dos lábios, quer se valendo das mãos postas de modo adequado ao redor da boca, quer mediante pios e outras engenhocas, de soprar ou de dar corda, das quais sempre carregava diversificada provisão na caçadeira.

Eu não reconhecia uma só planta, um só pássaro. Para mim as coisas eram mudas. As palavras fluíam e fluíam em minha cabeça ancoradas não a objetos, mas a emoções fantasias pressentimentos. E bastava um pedaço de jornal rasgado e repisado ir parar entre meus pés, e já estava absorto em beber a escrita que dali me chegava truncada e inconfessável — nomes de teatros, atrizes, vaidades —, e minha mente dava para galopar, a cadeia de imagens não se deteria por horas e horas enquanto eu continuava a seguir em silêncio meu pai, que, apontando certas folhas além de um muro dizia: *Ypotoglaxia jasminifolia* (agora invento os nomes; os verdadeiros eu nunca aprendi), *Photophila wolfoides* (estou inventando, eram nomes desse tipo), ou então *Crotodendron indica* (claro, agora eu até poderia procurar os nomes verdadeiros, em vez de inventá-los, talvez redescobrir quais eram, na realidade, as plantas que meu pai ia nomeando para mim; mas seria trapacear no jogo, não aceitar a perda que eu próprio me infligi, as mil perdas que nos infligimos e para as quais não há revanche). (No entanto, no entanto, se eu aqui tivesse escrito alguns nomes verdadeiros de plantas, teria sido de minha parte um ato de modéstia e piedade, finalmente recorrer àquela sabedoria humilde que minha juventude recusava para apostar em cartas desconhecidas e desconfiáveis, teria sido um gesto de apaziguamento com o pai, uma prova de maturidade; mas, ao contrário, não fiz isso, deleitei-me nessa brincadeira dos nomes inventados, nessa intenção de paródia, sinal de que ainda uma resistência ficou, uma polêmica, sinal de que a marcha matutina em direção a San Giovanni ainda continua, com sua dissensão, sinal de que toda manhã de minha vida ainda é a manhã em que cabe a mim acompanhar nosso pai a San Giovanni.)

Tínhamos de nos revezar para acompanhar nosso pai a San Giovanni, uma manhã eu e outra meu irmão (não na época das aulas, porque aí nossa mãe não permitia que nos distraíssem, mas nos meses das férias, justamente quando poderíamos dormir até mais tarde), e ajudá-lo a levar para casa os cestos de frutas e de verduras. (Falo de quando já éramos maiores, jovenzinhos, e nosso pai, velho; mas a idade de nosso pai sempre parecia a mesma, entre os sessenta e os setenta, uma obstinada e infatigável velhice.)

■ *O CAMINHO DE SAN GIOVANNI*

Verão ou inverno, ele se levantava às cinco, vestia ruidosamente sua roupa de campo, afivelava as perneiras (sempre vestia roupas pesadas; qualquer que fosse a estação, usava casaco e colete, principalmente porque precisava de muitos bolsos para as várias tesouras de poda, facas de enxerto, rolos de barbante ou de ráfia que sempre carregava consigo; só no verão, em lugar da caçadeira de fustão e do boné de viseira com balaclava, vestia um uniforme de pano amarelo desbotado da época do México e um capacete colonial de caçador de leões), entrava em nosso quarto para nos acordar com chamados bruscos e nos sacudindo pelo braço, depois descia as escadas com seu solado de travas pelos degraus de mármore, rondava pela casa deserta (nossa mãe se levantava às seis, depois nossa avó, e por último a arrumadeira e a cozinheira), abria as janelas da cozinha, esquentava o café com leite para si, a papa para o cachorro, falava com o cachorro, separava os cestos vazios para levá-los a San Giovanni, ou então punha dentro deles sacos de sementes ou de inseticida ou de fertilizante (os ruídos chegavam abrandados a nossa semiconsciência, porque assim que nosso pai nos acordava tornávamos a cair de chofre no sono), e já abria a porta que dava para o *beudo*, já estava a caminho, tossindo e escarrando, verão ou inverno.

De nosso dever matinal conseguíramos arrancar uma prorrogação tácita: em lugar de acompanhá-lo, acabávamos alcançando nosso pai em San Giovanni, meia hora ou uma hora mais tarde, de modo que seus passos se afastando pela subida de San Pietro eram o sinal de que ainda nos restava uma sucata de sono à qual nos agarrar. Mas de pronto nossa mãe vinha nos acordar pela segunda vez. "Vamos, vamos, é tarde, o papai já foi há um tempão!", e abria as janelas sobre as palmeiras movidas pelo vento da manhã, puxava os cobertores, "Vamos, vamos, que papai está esperando vocês para trazer de volta os cestos!". (Não, não é a voz de minha

24

O CAMINHO DE SAN GIOVANNI ■

mãe voltando, nestas páginas em que ressoa a ruidosa e distante presença paterna, mas sua dominação silenciosa: sua figura aparece entre estas linhas e logo se retrai, fica à margem; eis que passou por nosso quarto, nem a ouvimos sair, e o sono terminou para sempre.) Tenho de me levantar depressa e subir até San Giovanni antes que meu pai tenha tomado o caminho de volta, carregado.

Sempre voltava carregado. Era questão de honra para ele nunca fazer o percurso de mãos abanando. E, já que a estrada carroçável não passava por San Giovanni, tampouco havia outro modo de descer com os produtos de nossas terras a não ser na força do braço (de nossos braços, porque as horas dos diaristas custam caro e não podem ser gastas à toa, e as mulheres, quando descem para a feira, já estão carregadas de coisas para vender). (Também houve a época — mas essa é uma lembrança de infância, mais distante — do arrieiro Giuà com sua mulher Bianca e a mula Bianchina, mas a mula Bianchina estava morta fazia um tempão e Giuà ficara com hérnia, ao passo que a velha Bianca está viva até hoje, quando escrevo.) Era por volta das nove e meia ou dez horas que meu pai costumava regressar de sua excursão matinal: ouvia-se seu passo no *beudo*, mais pesado que na ida, um baque na porta da cozinha (não tocava a campainha porque estava com as mãos ocupadas, ou mais que isso, talvez, por uma espécie de imposição, de ênfase sobre o seu chegar carregado), e o víamos entrar com um cesto enfiado em cada braço, ou uma alcofa, e nos ombros uma mochila ou outro cesto, e a cozinha era de pronto tomada por alfaces e frutas, sempre em demasia para as necessidades das refeições familiares (agora estou falando dos tempos de fartura, antes da guerra, antes que o cultivo da propriedade se tornasse o meio quase exclusivo de conseguirmos o essencial), para desgosto de nossa mãe, sempre se preocupando com que nada fosse desperdiçado, coisas, tempo, esforços.

25

■ *O CAMINHO DE SAN GIOVANNI*

(Que a vida também fosse desperdício, isso minha mãe não admitia — ou seja, que também fosse paixão. Por isso nunca saía do jardim etiquetado planta a planta, da casa forrada de buganvílias, do escritório com o microscópio debaixo da redoma de vidro e os herbários. Sem incertezas, ordeira, transformava as paixões em deveres, e deles vivia. Mas o que movia meu pai a cada manhã pelo caminho de San Giovanni acima — e a mim abaixo, pelo meu caminho —, mais que o dever de proprietário laborioso, ou o desprendimento de inovador de métodos agrícolas — e o que movia a mim, mais que as definições daqueles deveres que aos poucos iria me impor —, era paixão feroz, dor de existir — o que mais podia nos impelir, ele a subir pragais e bosques, eu a me entranhar num labirinto de muros e papéis escritos? —, confronto desesperado com o que resta fora de nós, desperdício de si em oposição ao desperdício geral do mundo.)

Meu pai nunca poupava forças, apenas tempo: não evitava a subida mais íngreme, desde que fosse o caminho mais curto. De nossa casa podia se chegar a San Giovanni de muitos modos, dependendo de quais trechos de trilha de mulas e atalhos e pontes se escolhessem: o percurso que meu pai seguia certamente era fruto de uma longa experiência e de sucessivos aperfeiçoamentos e retificações; mas agora já tinha se tornado como as escadas de casa, uma seqüência de passos a percorrer de olhos fechados, que no pensamento ocupa apenas o intervalo de um segundo, como se a impaciência abolisse o espaço e a fadiga. Bastava pensar: "Agora vou a San Giovanni" (lembrara de repente que uma faixa de tupinambor não tinha sido regada, que uma sementeira de berinjelas já devia estar mostrando as primeiras folhas), e já se sentia transportado para lá, já a repreensão aos colonos ou aos diaristas que lhe fervia por dentro prorrompia do peito numa avalanche de impropérios a homens e mulheres, em que a obscenidade perdera qualquer calor de cumplicidade e se tornara austera e esquadriada como um muro de pedra. Essa impaciência, essa intolerância a estar em outro lugar que não fosse sua terra, tomava-o por vezes em pleno meio do dia, quando já descera da costumeira inspeção matinal em San Giovanni e já vestira de novo as roupas da cidade, o colarinho duro, o colete com a corrente de prata, o fez vermelho na cabeça, comprado na Tripolitânia e usado em casa e no escritório para cobrir a cabeça calva, e de repente, no meio de outras tarefas, ocorria-lhe — pois sempre o pensamento a ocupá-lo era aquele — que um trabalho em San Giovanni não fora terminado ou realizado como se devia ou que um trabalhador, por falta de instruções, talvez estivesse no ócio, e eis que o víamos se levantar da escrivaninha, subir até seu quarto, descer todo trajado do capacete às perneiras, soltar o cachorro e tomar a porta do *beudo*, podia até ser na hora mais quente de uma tarde de verão, o olhar fixo diante de si, em meio ao sol.

Pelo *beudo* dava-se na escadaria da ladeira San Pietro, de seixos e tijolos. Ali se encontravam os velhos do asilo Giovanni Marsaglia, de boné cinza e iniciais vermelhas (entre eles, era notório, também havia príncipes russos arruinados, lordes que tinham esbanjado verdadeiras fortunas na Riviera), as freiras e as crianças enfileiradas das "colônias de férias milanesas", os familiares dos pacientes subindo para o Nuovo Ospedale. Aquela área — agora percorríamos um trecho de estrada carroçável — apresentava diversos sedimentos: antigamente, como em toda parte, fora uma extensão de hortas guardadas por casebres; depois, na virada do século, até naquelas cercanias surgira uma ou outra vivenda senhoril, com jardins abanando palmeiras, como aquela em que morávamos (primeira aquisição de meus pais ao voltarem da América), e outra um pouco mais acima, de estilo indiano, toda coruchéus e cúpulas afuseladas, chamada "Palais d'Agra" (nome para mim misterioso até eu ler *Kim*, de Kipling), e

■ O CAMINHO DE SAN GIOVANNI

outra ainda, empregada como lazareto municipal, com as persianas sempre fechadas; depois as zonas residenciais abastadas da cidade foram se dispondo em outros lugares, e aqui se estabelecera um reino de casas modestas, predinhos familiares com um pequeno terreno cultivado com sementeiras, e a casinha do galinheiro ou da coelheira. Assim se chegava até a ponte de Baragallo, numa periferia meio campestre mas já invadida pela cidade, onde, aos rastros da vida agrícola mais antiga (um velho lagar de azeitonas, marulhando água e musgo sobre as rodas enferrujadas; uma vinícola com suas tinas e prensas, arroxeada), juntavam-se garagens, armazéns de floristas, serrarias, depósitos de tijolos, uma central elétrica que sobrestava iluminada, toda vidraças, vazia e zumbidora antes do amanhecer, e lá no fundo o maciço paralelepípedo das casas populares, primeiro e único lote de um vilarejo planejado, "obra do Regime" começada num só impulso e nunca terminada, mas suficiente para recordar que a civilização das massas já ocupava a Europa.

Na ponte de Baragallo deixávamos a estrada carroçável, que prosseguia em direção à Madonna della Costa (por ali passávamos somente quando íamos visitar o tio Quirino, apelidado Tintin, na casa oitocentista dos Calvino, que com seu velho reboco rosa aflorava através da nuvem cinza das oliveiras do alto da colina, onde outrora havia as fornalhas de tijolos de meus bisavós), e ladeávamos a torrente. De repente algo mudara, e o primeiro sinal era este: até Baragallo, as pessoas que encontrávamos eram, como de costume, as pessoas que encontramos na rua e nem sequer olhamos; depois de Baragallo, ao se encontrarem, e ainda que não se conhecessem, todos se cumprimentavam com um "Tarde" em voz alta ou com uma expressão genérica de reconhecimento da existência do outro, como "Vai-se indo, vai-se indo" ou "Tá carregado hoje também", ou um comentário sobre o tempo, "Parece que vem chuva", mensagens de estima e amizade cheias de discrição, pronunciadas, como eram, sem que o falante se detivesse, quase consigo próprio, mal erguendo os olhos. Meu pai também mudava depois de Baragallo; cessava aquela impaciência nervosa do passo que mostrara até ali, aquele descontentamento ao repreender o cachorro, ao lhe dar uns puxões se o levava preso à corrente; agora seu olhar corria ao redor com mais serenidade, o cachorro costumava ser solto e repreendido com palavras e assobios e estalos mais afáveis, quase carinhosos. Essa sensação de dar por mim em lugares mais recolhidos e familiares também me tomava, mas eu sentia ao mesmo tempo o mal-estar de já não poder me considerar o transeunte anônimo da estrada carroçável; daqui em diante eu era *u fiu du prufessù*, sujeito ao julgamento de todos os olhos alheios.

Do outro lado de uma paliçada, aos berros, os porcos (visão insólita naquelas bandas) trombavam uns com os outros, porcos criados por uma família de piemonteses que tinha montado uma pequena propriedade ao estilo de sua região. (Já pelo caminho tínhamos encontrado a carreta com o velho Spirito sentado no seu banquinho, entregando os latões de leite a seus fregueses.) Do lado oposto, o caminho dava para a torrente íngreme e, debruçadas e enfileiradas numa espécie de parapeito-canal, as mulheres lavavam roupas. Mais adiante era possível escolher entre dois caminhos, conforme se quisesse ou não tornar a cruzar a torrente por uma antiga ponte convexa. Se não se atravessasse a ponte, o caminho passava por uns trechos de *beudo* e por atalhos que ladeavam faixas de terra cultivada, alcançando-se a trilha de mulas de San Giovanni por uma subida em degraus, de construção (ou reforma) recente, tão reta e cheia de sol e tão a pique que era de tirar o fôlego. (Depois da última guerra, certa mão escrevera num muro no topo da subida, em letras enormes de piche, uma palavra suja, como zombando da paciência e do suor daquele que sobe até ali

■ *O CAMINHO DE SAN GIOVANNI*

carregado, talvez para despertar um instinto de rebeldia, ou somente para pedir confirmação da própria desesperança.) Em seguida, a trilha de mulas adentrava San Giovanni com um belo trecho plano; o mar ficava a nossas costas; para além da torrente a margem de Tasciaire era rasgada por um longo e amplo despenhadeiro, azul na pedra lascada e cor de terra, resultado de um antigo desmoronamento. De certa curva para diante já se via, abrindo-se enviesado no fundo do vale principal, o pequeno vale de San Giovanni, tão nítido a ponto de se poder distingui-lo faixa por faixa — onde as oliveiras não anuviavam a vista —, e os que ali trabalhavam, e a fumaça dos telhados vermelhos dos casões.

Esse percurso era o favorito para a descida; na subida éramos mais tentados pelo outro: atravessada a ponte, subíamos pela trilha de mulas de Tasciaire, íngreme e ensolarada também, mas retorta e variada, com seu pavimento de velhas pedras gastas e cambadas, o que a fazia parecer confortável e familiar, em comparação. Em certa altura deixávamos aquele caminho para nos embrenhar num longo *beudo* que a meia altura da encosta percorria todo o vale, aos pés daquele enorme despenhadeiro que se via da outra margem. O *beudo* era mais elevado que as faixas de cultivo, e para não dar um passo em falso era preciso prestar muita atenção aos próprios pés, e por vezes apoiar uma das mãos no muro torto e barrigudo. O cachorro costumava encontrar seu caminho seguro no pequeno canal, andando a passos miúdos na água. Aqui e ali figueiras avançavam o limite das faixas, e uma sombra verde protegia o *beudo*; algumas casas de camponeses ficavam bem próximas, e, ao se caminhar por ali, quase se entrava nelas, misturando-se às vidas daquelas famílias, todos no trabalho desde o amanhecer, mulheres e homens e crianças revolvendo a terra da faixa a golpes surdos de *magaiu* (o gadanho de três dentes) ou, ainda com o *magaiu*, "puxando a água para eles", isto é, derruban-

30

O CAMINHO DE SAN GIOVANNI ■

do algumas escoras de terra do *beudo* e reforçando outras para levar o serpenteio do regato até o meio das sementeiras.

Mais adiante o *beudo* se perdia numa mata de juncos cerrados e sussurrantes, e tínhamos chegado à torrente. Era preciso vadeá-la com saltos em ziguezague entre as rochas brancas, segundo um desenho que conhecíamos bem, mas sempre sujeito a mudanças, quando os dias chuvosos engrossavam a correnteza e faziam desaparecer um ou outro apoio. Subindo desde a torrente, cortava-se caminho por passagens particulares, entre as faixas, até dar num atalho que também era quase uma torrente, e aqui também se alcançava a trilha de mulas de San Giovanni, mas num ponto muito mais adiante que pelo outro caminho.

Quanto mais nos aproximávamos de San Giovanni, mais meu pai era tomado por uma nova tensão, que não era apenas um último repente da impaciência de se encontrar no único lugar que sentia seu, mas também uma espécie de remorso por ter ficado tantas horas longe dali, a certeza de que naquelas horas algo se teria perdido ou estragado, a urgência de apagar tudo que em sua vida não era San Giovanni e, ao mesmo tempo, a sensação de que San Giovanni, não sendo o mundo todo mas só um canto do mundo sitiado pelo resto, seria sempre seu desespero.

Mas bastava que do alto de uma faixa alguém, podando as videiras ou dando-lhes sulfato, o consultasse — "*Prufessù*, faz favor, eu queria lhe perguntar" — e pedisse um conselho sobre a mistura dos fertilizantes, sobre a melhor época para os enxertos, sobre os inseticidas ou as novas sementes do consórcio agrário, e meu pai, serenado, calmo, exclamativo, um tanto prolixo, parava para explicar todos os comos e os porquês. Enfim, tudo que ele esperava era o indício de que nesse seu mundo fosse possível uma convivência civilizada, movida por uma paixão pela melhoria, guiada por uma razão natural; mas logo tornavam a acossá-lo as

31

■ *O CAMINHO DE SAN GIOVANNI*

provas de que tudo era cheio de armadilhas e precário, e a fúria o retomava. E um desses indícios era eu, o meu pertencer à outra parte do mundo, metropolitana e inimiga, era a dor de que essa sua civilização ideal de San Giovanni não poderia ser fundada com seus filhos e, portanto, não tinha futuro. Então o último trecho do caminho era percorrido com uma pressa injustificada, como se fosse a ponta de um cobertor que ele pudesse prender sob o colchão para se meter no interior de San Giovanni; e assim se passava um lagar decrépito habitado por duas velhas ainda mais decrépitas, a ponte de concreto que tornava a atravessar a torrente (aqui o caminho retomava uma lenta subida), a casa de nosso parente Regin, guarda aduaneiro cujo cachorro, do alto de um muro, desatava numa interminável briga de saltos e latidos com o nosso (aqui a subida se tornava íngreme), as terras de outro parente nosso, Bartumelìn, que passara a juventude no Peru (a mulher, que víamos enxaguando a roupa no tanque, era uma índia peruana, uma mulher gorda, em tudo parecida com as nossas, no rosto e no dialeto), (e se atacava o último trecho em subida, o mais escarpado), as terras de dois arrieiros esgrouviados que em certa altura substituíram a mula por um atarracado boi de carga... O peito de meu pai arfava não de cansaço, mas de impropérios e repreensões: tínhamos chegado a San Giovanni, agora entrávamos em nosso território.

Caberia a mim aqui contar ainda cada passo e cada gesto e cada mudança de humor dentro da propriedade, mas tudo na memória toma agora um viés mais impreciso, como se, terminada a subida com seu rosário de imagens, eu fosse, a cada vez, absorvido numa espécie de limbo atônito, que durava até chegar a hora de apanhar os cestos e tomar o caminho de volta. Já disse que, acima de tudo, nosso dever diário consistia nesse ajudar nosso pai a carregar os cestos. Ou melhor, deveríamos tê-lo ajudado em tudo, para apren-

O CAMINHO DE SAN GIOVANNI ■

der como se administra a terra, para nos parecermos com ele, como é justo que os filhos se pareçam com o pai, mas logo ficou claro para ambas as partes que não aprenderíamos nada, e a idéia de nos educar para a agricultura havia sido tacitamente abandonada, ou adiada para uma idade em que fôssemos mais sábios, como se nos concedessem um suplemento de infância. Carregar os cestos era portanto a única coisa certa, o único dever aceito como inegavelmente necessário. Não que fosse uma tarefa desprovida de um certo prazer, eu diria: bem equilibrada a carga, um cesto de vime daqueles de carregar nas costas, outro enfiado num braço — melhor se o outro braço estivesse desimpedido, para alternar o peso —, entregava-me ao caminho de cabeça baixa, com uma espécie de fúria, um pouco como meu pai; e enquanto isso, liberado de todo dever de atenção para com o mundo ao redor e de escolha de meus movimentos, todas as energias empenhadas no esforço de sustentar a carga até seu destino e no pousar cada passo ao longo de um percurso imutável feito um trilho, a mente podia vaguear solta e protegida. Dávamos duro nessa tarefa de camelo, com um empenho desproporcional, eu, meu irmão e até mesmo nosso pai; pois também ele tinha a sensação de que já não eram tanto a inventividade nos cultivos, o experimento, o risco a atraí-lo em San Giovanni, mas antes o transporte e o acúmulo de coisas, essa labuta de formigas, uma questão de vida ou morte (e de fato quase o era: haviam começado os intermináveis anos da guerra; nossa família, na penúria generalizada, entrara, graças à propriedade de San Giovanni, numa fase de economia agrícola independente ou, como se dizia na época, "autárquica"), e, se não estivéssemos ali para acompanhá-lo, ele descia carregado em demasia — "como uma mula" era a imagem ritual —, que ele ostentava talvez até para que nos pesasse nossa deserção; mas, mesmo que um ou ambos os filhos o acompanhassem, descíamos todos

33

■ *O CAMINHO DE SAN GIOVANNI*

igualmente carregados, enviesados, mudos, olhando o chão, absortos cada qual com seus próprios pensamentos, impenetráveis.

Nosso ar soturno contrastava com a riqueza do conteúdo dos cestos. Que ficava escondido (segundo o hábito camponês de ciosa desconfiança dos olhares alheios) por uma camada de folhas largas de videira ou figueira, mas a cobertura instável ia se perdendo pelo caminho com o balanço do passo, e assim iam aparecendo as trombas verdes das abobrinhas, as peras "coxa de monja", os cachos de uva Saint-Jeannet, os primeiros figos, a penugem dura do *chayote*, os espinhos verde-arroxeados das alcachofras, as espigas de *mais dulce* ou *sweet corn* para trincar com gosto depois de cozidas, as batatas, os tomates, os garrafões de leite e de vinho e, às vezes, um coelho esturricado já esfolado, tudo isso disposto de modo que as coisas duras não amassassem as macias e sobrasse lugar para o macinho de orégano ou de manjerona ou de manjericão. (Insignificantes esses cestos a meus olhos distraídos de então, como sempre parecem banais ao jovem as bases materiais da vida, mas, agora que em seu lugar há somente uma folha lisa de papel branco, procuro preenchê-los com nomes e mais nomes, apinhá-los de vocábulos, e ao lembrar e ordenar essa nomenclatura gasto mais tempo do que gastava então para colher e ordenar as coisas, mais paixão... — não é verdade: pondo-me a descrever os cestos, acreditava tocar o ponto culminante de minha saudade, mas nada disso, o resultado foi um catálogo frio e previsto: em torno dele, procuro em vão acender com estes comentários um halo de comoção: tudo permanece como então, aqueles cestos já estavam mortos à época e eu sabia disso, aparência de uma concretude que já não existia, e eu já era quem sou, um cidadão das cidades e da história — ainda sem cidade e sem história e sofrendo por isso —, um consumidor — e vítima — dos produtos da in-

O CAMINHO DE SAN GIOVANNI ■

dústria — candidato a consumidor, vítima que acaba de ser designada —, e já os destinos, todos os destinos, estavam decididos, os nossos e os gerais, mas o que era aquele furor matutino de então, o furor que ainda persiste nestas páginas não completamente sinceras? Será que tudo poderia ter sido diferente — não muito diferente, mas aquele tanto que conta — se aqueles cestos não me fossem já naquele tempo tão estranhos, se a fenda entre mim e meu pai não fosse tão profunda? Será que tudo que está acontecendo teria tomado outro rumo — no mundo, na história da civilização — e as perdas não teriam sido tão absolutas, os ganhos tão incertos?)

A mesa em que apoiávamos as frutas e as verduras, e na qual se enchiam os cestos para levar caminho abaixo, ficava sob a figueira, ao lado da antiga casa camponesa de Cadorso (onde vivia a família dos colonos), que ainda conservava, acima da porta, a marca desbotada do símbolo maçônico que os antigos Calvino punham em suas casas. O vinhedo ocupava a parte mais baixa das terras, com as árvores frutíferas entre as fileiras; mais acima ficava a plantação de grapefruit e, ainda mais para o alto, as oliveiras. Ali, à sombra das verdes e altas plantas dos *avocado pears* ou *aguacates*, menina dos olhos de meu pai, ficava a casa que ele construíra, a "villa" na qual vivemos depois os piores tempos da guerra; no térreo havia a adega-modelo e o estábulo para as brancas cabras suíças. Nossa propriedade interrompia-se na praça da igreja de San Giovanni (onde todo 24 de junho erguia-se o pau-de-sebo e a banda municipal tocava) e recomeçava depois de um trecho da trilha de mulas; compreendia todo um pequeno vale, ocupado na parte mais baixa por uma plantação de folhas de palmeira para as coroas funerárias, todo verduras e frutas mais acima, com o casebre chamado *Cason Bianco* (onde durante certo período guardamos as ovelhas) e uma nascente escondida entre rochedos verdes de avenca, e uma caverna de tufo, e uma gruta de rocha, e um

35

■ *O CAMINHO DE SAN GIOVANNI*

viveiro de peixes, e outras maravilhas que já não eram para mim maravilhas e que agora voltaram a sê-lo, agora que no lugar de tudo isso se estende esquálida geométrica e feroz uma plantação de cravos com os muros esquadriados, os tabuleiros todos com a mesma inclinação, a extensão cinzenta dos caules no reticulado de gravetos e fios, as vidraças opacas das estufas, os tanques cilíndricos de cimento e tudo que havia antes desapareceu, tudo que parecia existir e já não passava de ilusão ou de excepcional prorrogação.

Todo o vale de San Giovanni, na sombra durante parte do dia, naquela época era considerado impróprio ao cultivo industrial de flores e, por isso, ainda conservava o antigo aspecto do campo. E assim eram todas as redondezas atravessadas pelo itinerário matutino de meu pai, como se ele tivesse escolhido propositadamente seu caminho, para escapar das extensões cinzentas e uniformes dos campos de cravos que já cercavam a cidade, de Poggio a Coldirodi, como se ele, que ainda assim dedicava sua atividade profissional à floricultura, sentisse por isso um remorso secreto, percebesse que tinha desejado e auxiliado algo que era, sim, um progresso econômico e técnico para nossa agricultura atrasada, mas também a destruição de uma completude e harmonia, nivelamento, subordinação ao dinheiro. E por isso destacava de seus dias aquelas horas de San Giovanni, procurava montar uma propriedade moderna que não fosse prisioneira da monocultura, fazia despesas de amortização sempre incerta, multiplicando os cultivos, as variedades importadas, os encanamentos para a irrigação, tudo para encontrar outro caminho a propor, que salvasse o espírito dos lugares e, ao mesmo tempo, a criatividade inovadora. O que ele queria estabelecer era uma relação de luta, de domínio com a natureza: insistir, modificá-la, forçá-la, mas sentindo-a, abaixo, viva e inteira.

E eu? Eu acreditava ter outros pensamentos. O que era a natureza? Ervas, plantas, lugares verdes, animais. Eu vivia no meio daquilo e queria estar em outro lugar. Diante da natureza permanecia indiferente, reservado, por vezes hostil. E não sabia que eu também estava buscando uma relação, talvez mais afortunada que a de meu pai, uma relação que a literatura acabaria me dando, devolvendo significado a tudo, e, de repente, cada coisa se tornaria verdadeira e tangível e possuível e perfeita, cada coisa daquele mundo já perdido.

Onde grita meu pai que eu leve a mangueira e regue, que está tudo seco? De uma faixa chega o som do gadanho do velho Sciaguato, batendo e rebatendo na terra. Algo se move naquelas árvores: a filha de Mumina subiu nelas para encher um cesto de cerejas. Acorro com a mangueira enrolada no ombro, mas não vejo meu pai entre as fileiras e erro de faixa. Tenho de carregar o gancho para dobrar os galhos da cerejeira, a máquina do sulfato, a fita adesiva para os enxertos, mas não conheço minha terra, me perco. (Agora sim, do alto dos anos, vejo cada faixa, cada trilha, agora eu poderia apontar o caminho para mim mesmo que estou correndo entre as fileiras, mas é tarde, agora todos já se foram.)

Gostaria que os cestos estivessem logo prontos, para voltar para casa e ir à praia. O mar está ali, numa fenda triangular do vale, em vê; mas é como se estivesse a milhas e milhas de distância, o mar estranho a meu pai e a todas as pessoas que se movem por nossos caminhos matutinos.

Agora estamos voltando. Eu ando curvado sob meu cesto. O sol está alto; da estrada carroçável mais próxima, na colina de San Giacomo, reboa um caminhão; aqui no vale o cinza das oliveiras e o sussurro da torrente abrandam as cores e os sons. Na outra encosta sobe uma fumaça da terra: alguém pôs fogo num monte de ervas daninhas. Meu pai diz

■ *O CAMINHO DE SAN GIOVANNI*

coisas sobre a florescência das oliveiras. Não ouço. Olho o mar e penso que, em uma hora, estarei na praia. Na praia as moças arremessam bolas com seus braços lisos, mergulham na cintilação, gritam, respingam, a bordo de uma porção de canoas e pedalinhos.

AUTOBIOGRAFIA DE UM ESPECTADOR

Houve anos em que eu ia ao cinema quase todos os dias e, com um pouco de sorte, duas vezes ao dia, e eram os anos, digamos, entre 1936 e a guerra, a época, enfim, de minha adolescência. Anos em que o cinema era o mundo para mim. Outro mundo que não o que me cercava, mas para mim apenas o que eu via na tela possuía as propriedades de um mundo, a plenitude, a necessidade, a coerência, ao passo que fora da tela se amontoavam elementos heterogêneos, como que juntados ao acaso, os materiais de minha vida, que me pareciam desprovidos de toda e qualquer forma.

O cinema como evasão, já se disse tantas vezes, numa fórmula que se pretende condenatória, e certamente a mim o cinema naquela época servia para isso, para satisfazer uma necessidade de estranhamento, de projetar minha atenção num espaço diferente, uma necessidade que acredito corresponder a uma função primária de nossa inserção no mundo, uma etapa indispensável a toda formação. Claro, há outros modos, mais substanciais e pessoais, de se criar um espaço diferente para si: o cinema era o mais fácil e o mais à mão, mas também aquele que instantaneamente me levava mais longe. Todo dia, dando minhas voltas pela rua principal da cidadezinha, só tinha olhos para os cinemas, três

O CAMINHO DE SAN GIOVANNI

deles de primeira linha, que só passavam estréias e cuja programação mudava às segundas e quintas-feiras, e umas duas ou três bibocas que passavam filmes mais velhos ou ruins, alterando-os três vezes por semana. Já sabia com antecedência que filme estava passando em cada sala, mas meu olho procurava os cartazes, postados a um lado, que anunciavam o próximo filme na programação, porque ali é que estava a surpresa, a promessa, a expectativa que me acompanharia nos dias seguintes.

Ia ao cinema de tarde, fugindo de casa escondido, ou com a desculpa de ir estudar na casa de algum colega, porque nos meses de escola meus pais me davam pouca liberdade. A prova da verdadeira paixão era o impulso de meter-me num cinema logo que abrisse, às duas. Assistir à primeira sessão tinha várias vantagens: a sala semivazia, como se fosse todinha para mim, o que permitia que eu me refestelasse bem no meio da "terceira classe" com as pernas esticadas sobre o encosto da frente; a esperança de voltar para casa sem que tivessem percebido minha fuga, para depois conseguir permissão de tornar a sair (e quem sabe, ver outro filme); um ligeiro aturdimento pelo resto da tarde, prejudicial aos estudos mas propício aos devaneios. E, além desses motivos, todos inconfessáveis por diferentes razões, havia ainda outro, mais sério: entrar na hora da abertura me garantia a rara sorte de ver o filme desde o início, e não a partir de um momento qualquer por volta da metade ou do fim, como me costumava acontecer quando chegava ao cinema no meio da tarde ou já de tardinha.

Entrar com o filme começado constituía, aliás, o hábito barbaramente generalizado dos espectadores italianos, que até hoje persiste. Podemos dizer que, já naquela época, antecipávamos as técnicas narrativas mais sofisticadas do cinema de hoje, rompendo o fio temporal da história e transformando-a num quebra-cabeça a ser recomposto peça por

AUTOBIOGRAFIA DE UM ESPECTADOR ■

peça, ou a ser aceito na forma de corpo fragmentário. Ainda a título de consolo, diria que assistir ao começo do filme depois que já se sabia o fim oferecia satisfações suplementares: descobrir não o desenlace dos mistérios e dos dramas, mas sua gênese; e um confuso sentimento de clarividência diante dos personagens. Confuso: como justamente há de ser para os adivinhos, porque a reconstituição da trama despedaçada nem sempre era cômoda, muito menos em se tratando de um filme policial, em que a identificação do assassino, antes, e do delito, depois, nos deixava no meio de uma zona de mistério ainda mais tenebrosa. Além do mais, entre o início e o fim do filme, às vezes sobrava um pedaço perdido, porque de repente, olhando para o relógio, percebia que já estava atrasado e, se não quisesse me expor às iras familiares, tinha de sair voando, sem nem mesmo ver reaparecer na tela a seqüência em meio à qual eu havia entrado. O resultado é que, para mim, muitos filmes ficaram com um buraco no meio e ainda hoje, mais de trinta anos depois — o que estou dizendo? Quase quarenta —, quando me acontece de rever algum filme daquela época — na televisão, por exemplo —, reconheço o momento em que eu entrara no cinema, as cenas a que assistira sem compreender, recupero os pedaços perdidos, torno a juntar o quebra-cabeça como se o tivesse deixado incompleto no dia anterior.

(Estou falando dos filmes que vi entre, digamos, os treze e os dezoito anos, quando o cinema me ocupava com uma força que não tem comparação com o antes e o depois; dos filmes vistos na infância as recordações são confusas; e os filmes vistos quando adulto se misturam com muitas outras impressões e experiências. As minhas são as memórias de alguém que está descobrindo o cinema naquele momento: eu tinha sido criado com rédea curta, e minha mãe procurou, enquanto pôde, preservar-me de relações com o mundo que não fossem programadas e dirigidas para certa fina-

43

■ *O CAMINHO DE SAN GIOVANNI*

lidade; quando eu era criança, ela raramente me acompanhava ao cinema, e só para ver os filmes que considerava "próprios" ou "instrutivos". Tenho poucas lembranças da época do cinema mudo e dos primeiros anos do cinema falado: um ou outro filme de Carlitos, um filme sobre a Arca de Noé, *Ben Hur* com Ramon Novarro, *Dirigível*, no qual um zepelim naufragava no pólo, o documentário *África fala*, um filme futurista sobre o ano 2000, as aventuras africanas de *Trader Horn*. Se Douglas Fairbanks e Buster Keaton figuram na tribuna de honra de minha mitologia, é porque mais tarde os introduzi, retrospectivamente, numa infância imaginária à qual não podiam deixar de pertencer; quando criança, eu os conhecia somente pela contemplação dos cartazes coloridos. Geralmente evitavam que eu visse filmes com tramas amorosas, que aliás não compreendia, porque por falta de familiaridade com a fisiognomonia cinematográfica eu confundia os atores dos diversos filmes, sobretudo se usassem bigodinhos, e as atrizes, sobretudo se fossem louras. Nos filmes de aviação, muito comuns na época de minha meninice, todos os personagens masculinos se pareciam como uma porção de gêmeos, e, já que a trama sempre se baseava no ciúme de dois pilotos que para mim eram um só, eu acabava ficando muito confuso. Enfim, meu aprendizado de espectador fora lento e contrastado; e daí explodiu a paixão de que falo.)

Quando porém entrava no cinema às quatro ou às cinco, impressionava-me ao sair a sensação da passagem do tempo, o contraste entre duas dimensões temporais diferentes, dentro e fora do filme. Havia entrado em plena luz do dia e lá fora encontrava a escuridão, as ruas iluminadas prolongando o preto-e-branco da tela. A escuridão amortecia um pouco a descontinuidade entre os dois mundos e um pouco a acentuava, pois marcava a passagem daquelas duas horas que eu não vivera, sorvido numa suspensão do tempo, ou na duração de uma vida imaginária, ou no salto para trás nos séculos. Uma emoção especial era descobrir naquele momento que os dias tinham se encurtado ou espichado: o sentido da passagem das estações (sempre branda no clima temperado do lugar em que vivia) só me alcançava de fato na saída do cinema. Quando chovia no filme, eu aguçava o ouvido para saber se lá fora também começara a chover, se uma tempestade me surpreendia por eu ter fugido de casa sem guarda-chuva: era o único momento em que, mesmo permanecendo mergulhado naquele outro mundo, lembrava-me do mundo de fora; e era um efeito angustiante. A chuva nos filmes ainda hoje desperta em mim aquele reflexo, uma sensação de angústia.

Se ainda não era hora do jantar, eu me enturmava com os amigos num vaivém pelas calçadas da rua principal. Tornava a passar diante do cinema do qual tinha acabado de sair e ouvia, da cabina de projeção, as falas do diálogo ecoarem na rua; eu as recebia agora com uma sensação de irrealidade, não mais de identificação, porque já havia passado para o mundo de fora; mas também com um sentimento similar à saudade, como quem se volta para trás numa fronteira.

Estou pensando num cinema em especial, o mais antigo de minha cidade, ligado a minhas primeiras lembranças dos tempos do cinema mudo, e que daqueles tempos tinha conservado (até há não muitos anos) um letreiro art nouveau decorado com medalhas, e a estrutura da sala, um salão comprido em declive, ladeado por um corredor de colunas. A cabina de projeção abria-se para a rua principal numa janelinha de onde ressoavam as vozes absurdas dos filmes, metalicamente deformadas pelos meios técnicos da época, e ainda mais absurdas pela afetação da dublagem italiana, que não tinha relação com nenhuma língua falada do passado ou do futuro. E, no entanto, a falsidade daquelas vozes havia de ter uma força comunicativa em si, como o canto das

■ *O CAMINHO DE SAN GIOVANNI*

sereias, e, cada vez que passava debaixo daquela janela, eu ouvia o chamado daquele outro mundo que era o mundo.

As portas laterais da sala davam para um beco; nos intervalos o lanterninha com galões na jaqueta abria as cortinas de veludo vermelho, e a cor do ar de fora aparecia à soleira com discrição, os transeuntes e os espectadores ali sentados entreolhavam-se com ligeiro mal-estar, como se se tratasse de uma inconveniente intrusão para uns e para outros. Em especial, o intervalo entre a primeira e a segunda parte do filme (outro costume estranho, exclusivamente italiano, que de maneira inexplicável se mantém até hoje) chegava para me lembrar que ainda estava naquela cidade, naquele dia, naquela hora: e, conforme o humor do momento, aumentava a satisfação de saber que, num instante, voltaria a me projetar nos mares da China ou no terremoto de São Francisco; ou então oprimia-me a advertência para que eu não esquecesse de que ainda estava aqui, para que não me perdesse, distante.

Menos cruas eram as interrupções no mais importante cinema da cidade de então, em que a troca de ar se dava pela abertura de uma cúpula metálica, no centro de um teto abobadado, com afrescos de centauros e ninfas. A vista do céu no meio do filme introduzia uma pausa para meditação, com a lenta passagem de uma nuvem que podia até estar vindo de outros continentes, de outros séculos. Nas noites de verão, a cúpula permanecia aberta mesmo durante o filme: a presença do firmamento englobava todas as distâncias num único universo.

Nas férias de verão eu freqüentava os cinemas com mais calma e liberdade. A maioria dos colegas de escola deixava nossa cidadezinha marítima em favor da montanha ou do campo, e eu ficava sem companhia durante semanas a fio. Era uma temporada de caça aos velhos filmes que, a cada verão, se abria para mim, porque retornavam à programação os filmes de anos anteriores, de antes que aquela fome onívora me possuísse; naqueles meses podia recuperar os anos perdidos, construir uma experiência de espectador que eu não tinha. Filmes do circuito comercial normal: é só desses que falo (a exploração do universo retrospectivo dos cineclubes, da história consagrada e conservada nas cinematecas, marcará outra fase de minha vida, uma relação com cidades e mundos diferentes, e aí o cinema passará a fazer parte de um discurso mais complexo, de uma história); entretanto, ainda carrego comigo a emoção que tive ao recuperar um filme de Greta Garbo que talvez fosse de três ou quatro anos antes, mas que para mim pertencia à pré-história, com um Clark Gable muito jovem, sem bigodes. *Susan Lennox* se chamava, ou era o outro? Pois eram dois os filmes de Greta Garbo que acrescentei a minha coleção naquela mesma série de reconquistas de verão, cuja pérola, no entanto, ficou sendo *Terra de paixões*, com Jean Harlow.

Ainda não disse, mas me parecia ponto pacífico que cinema para mim era o americano, a produção corrente de Hollywood. "Minha" época vai, aproximadamente, desde *Lanceiros da Índia*, com Gary Cooper, e *O grande motim*, com Charles Laughton e Clark Gable, até a morte de Jean Harlow (que revivi muitos anos depois na morte de Marilyn Monroe, numa época mais consciente da carga neurótica de todo símbolo), com muitas comédias no meio, os policiais românticos com Myrna Loy e William Powell e o cachorro Asta, os musicais de Fred Astaire e Ginger Rogers, os policiais de Charlie Chan, detetive chinês, e os filmes de terror de Boris Karloff. Os nomes dos diretores eu não gravava tão bem quanto os nomes dos atores, salvo um ou outro como Frank Capra, Gregory La Cava e Frank Borzage, o qual, em vez de bilionários, representava pessoas humildes, habitualmente com Spencer Tracy: eram os diretores dos bons sentimentos da época de Roosevelt; isso eu aprendi mais tarde; naquela época engolia tudo sem muitas distinções. O cine-

■ *O CAMINHO DE SAN GIOVANNI*

ma americano naquele momento consistia num mostruário sem igual de caras de atores como jamais houve antes ou depois (assim ao menos me parece), e os enredos não passavam de mecanismos simples para juntar esses rostos (que se prestavam a papéis românticos, característicos ou genéricos) em combinações sempre diferentes. Ao redor dessas histórias convencionais, o que ainda pairava do sabor de uma sociedade e de uma época era pouca coisa, mas justamente por isso me alcançava sem que eu soubesse definir no que consistia. Era (como apreenderia mais tarde) a mistificação do que aquela sociedade carregava por dentro, mas era uma mistificação particular, diferente da mistificação italiana que nos submergia durante o resto do tempo. E, assim como para o psicanalista o interesse é o mesmo, quer o paciente minta, quer seja sincero, porque de todo modo está lhe revelando algo de si, assim eu, espectador pertencente a outro sistema de mistificações, tinha algo para aprender quer daquele pouco de verdade, quer daquele muito de mistificação que os produtos de Hollywood me davam. Por isso não tenho rancor algum para com aquela imagem mentirosa da vida; agora me parece que nunca a tomei por verdadeira, mas só por uma entre as possíveis imagens artificiais, ainda que, naquela época, eu não teria sabido explicar isso.

Também circulavam filmes franceses, claro, que se manifestavam como algo bastante diferente, dando ao estranhamento outra densidade, uma conexão especial entre os lugares de minha experiência e os lugares do alhures (o efeito denominado "realismo" consiste nisso, compreenderia mais tarde), e, depois de ter visto a Casbá de Argel em *O demônio da Argélia*, via com outros olhos as ruas e escadarias de nossa Cidade Velha. A cara de Jean Gabin era feita de outro material, fisiológico e psicológico, diferente da dos atores americanos, que nunca se ergueriam do prato sujas de sopa e de humilhação como no início de *A bandeira*.

48

AUTOBIOGRAFIA DE UM ESPECTADOR ■

(Apenas a de Wallace Beery em *Viva Villa* poderia chegar perto, e talvez também a de Edward G. Robinson.) O cinema francês era tão carregado de odores quanto o americano era todo Palmolive, brilhoso e asséptico. As mulheres tinham uma presença carnal que as empossava na memória como mulheres vivas e, ao mesmo tempo, como fantasmas eróticos (é Viviane Romance a figura que associo a esse pensamento), ao passo que nas estrelas de Hollywood o erotismo era sublimado, estilizado, idealizado. (Mesmo a mais carnal das americanas de então, a loura platinada Jean Harlow, tornava-se irreal pelo alvor deslumbrante da pele. No preto-e-branco a força do branco operava uma transfiguração dos rostos femininos, das pernas, dos ombros e decotes, fazia de Marlene Dietrich não o objeto imediato do desejo, mas o próprio desejo como essência extraterrestre.) Apercebia-me de que o cinema francês falava de coisas mais inquietantes e vagamente proibidas, sabia que Jean Gabin em *Cais das sombras* não era um ex-combatente querendo se dedicar ao cultivo de uma plantação nas colônias, como a dublagem italiana procurava fazer crer, mas um desertor fugindo do front, tema que a censura fascista jamais teria permitido.

Enfim, até poderia falar do cinema francês dos anos 30 tão demoradamente quanto do americano, mas a conversa se alargaria para inúmeras outras coisas que não são nem cinema nem anos 30, ao passo que o cinema americano dos anos 30 é algo à parte, quase sem um antes e sem um depois, eu diria; por certo sem um antes e sem um depois na história da minha vida. Diferentemente do cinema francês, o cinema americano de então não tinha nada a ver com a literatura: talvez esse seja o motivo pelo qual ele se destaca em minha experiência com um relevo isolado do resto: estas minhas memórias de espectador pertencem às memórias de antes que a literatura me chegasse.

49

■ *O CAMINHO DE SAN GIOVANNI*

O que era chamado "o firmamento de Hollywood" formava um sistema em si, com suas constantes e variáveis, uma tipologia humana. Os atores representavam modelos de personalidades e de comportamentos; havia um herói possível para cada temperamento; para quem se propunha a enfrentar a vida através da ação, Clark Gable representava uma certa brutalidade alegrada pela fanfarrice, Gary Cooper um sangue-frio filtrado pela ironia; para quem acreditava na superação dos obstáculos pelo humor e pelo *savoir-faire*, havia o *aplomb* de William Powell e a discrição de Franchot Tone; para o introvertido que vence a própria timidez havia James Stewart, ao passo que Spencer Tracy era o modelo do homem aberto e justo que sabe fazer as coisas com as próprias mãos; e, em Leslie Howard, propunha-se até um raro exemplo de herói intelectual.

Com as atrizes a gama das fisionomias e das personalidades era mais restrita: as maquiagens, os penteados, as expressões tendiam a uma estilização unitária, dividida nas duas categorias fundamentais das loiras e das morenas, e dentro de cada categoria se ia da caprichosa Carole Lombard à prática Jean Arthur, da boca ampla e lânguida de Joan Crawford aos lábios finos e pensativos de Barbara Stanwyck, mas no meio havia um leque de figuras cada vez menos diferenciadas, com certa margem de permutabilidade. Entre o elenco das mulheres encontradas nos filmes americanos e o elenco das mulheres que se encontram fora da tela na vida de todo dia, não se conseguia estabelecer uma relação; diria que onde terminava um começava o outro. (Com as mulheres dos filmes franceses, ao contrário, havia essa relação.) Do descaramento amolecado de Claudette Colbert à energia aguda de Katherine Hepburn, o modelo mais importante que as personalidades femininas do cinema americano propunham era o da mulher rival do homem em determinação e obstinação e espírito e engenho; nesse lúcido domínio de si

50

AUTOBIOGRAFIA DE UM ESPECTADOR ■

diante do homem, Myrna Loy era a que punha mais inteligência e ironia. Agora estou falando disso com uma seriedade que não teria sabido ligar à leveza daquelas comediazinhas; mas no fundo, para uma sociedade como a nossa, para os costumes italianos daqueles anos, especialmente na província, essa autonomia e iniciativa das mulheres americanas podia ser uma lição que de algum modo me tocava. A tal ponto que de Myrna Loy eu tinha feito meu protótipo do feminino ideal, o de esposa, ou talvez de irmã, ou, seja lá como for, da identificação de gosto, de estilo, um protótipo que coexistia com os fantasmas da agressividade carnal (Jean Harlow, Viviane Romance) e da paixão extenuante e lânguida (Greta Garbo, Michèle Morgan), pelos quais a atração que sentia era matizada por um senso de temor; ou com aquela imagem de felicidade física e alegria vital que era Ginger Rogers, por quem eu nutria um amor desventurado desde o início até em minhas *rêveries* — porque eu não sabia dançar.

Podemos nos perguntar se construir um olimpo de mulheres ideais e até o momento inalcançáveis era bom ou ruim para um jovem. Um aspecto positivo certamente tinha, pois impelia a gente a não se contentar com aquele pouco ou muito que se encontrava, e a projetar os próprios desejos mais além, no futuro ou no alhures ou no difícil; o aspecto negativo era que não ensinava a olhar as mulheres de verdade com um olho pronto a descobrir belezas inéditas, não conformes aos cânones, a inventar novas personagens com aquilo que o acaso ou a procura nos faz encontrar em nosso horizonte.

Se o cinema para mim era feito sobretudo de atores e atrizes, devo lembrar no entanto que para mim, assim como para todos os espectadores italianos, existia apenas a metade de todo ator ou atriz, isto é, somente a figura e não a voz, substituída pela abstração da dublagem, por uma dicção convencional e estranha e insossa, não menos anônima que as palavras impressas na tela que nos outros países (ou ao menos

■ *O CAMINHO DE SAN GIOVANNI*

naqueles onde os espectadores são considerados mentalmente mais ágeis) informam aquilo que as bocas comunicam com toda a carga sensível de uma pronúncia pessoal, de uma sigla fonética feita de lábios, de dentes, de saliva, feita sobretudo das diversas proveniências geográficas do caldeirão americano, numa língua que, para quem a compreende, revela nuanças expressivas e, para quem não a compreende, tem um quê a mais de potencialidade musical (como a que hoje ouvimos nos filmes japoneses ou mesmo nos suecos). Portanto, a convencionalidade do cinema americano chegava a mim duplamente dublada (com o perdão do jogo de palavras) pela própria convencionalidade da dublagem, que, porém, chegava a nossos ouvidos como parte do encanto do filme, inseparável das imagens. Sinal de que a força do cinema nasceu muda, e a palavra — ao menos para os espectadores italianos — sempre foi sentida como sobreposição, uma legenda em letra de forma. (Aliás, os filmes italianos de então, se não eram dublados, eram como se o fossem. Se não falo deles, mesmo tendo assistido a quase todos e lembrando-me de todos eles, é porque contavam tão pouco, para o mal ou para o bem, que não conseguiria de modo algum incluí-los nesta nossa conversa sobre cinema como outra dimensão do mundo.)

Em minha assiduidade de espectador de filmes americanos entrava uma obstinação de colecionador, motivo pelo qual todas as interpretações de um ator ou de uma atriz eram como os selos de uma série que eu ia colando no álbum de minha memória, preenchendo aos poucos as lacunas. Mencionei até agora estrelas e astros famosos, mas meu espírito de colecionador se estendia à legião dos coadjuvantes, que naquela época eram ingrediente necessário de todo filme, especialmente nos papéis cômicos, como Everett Horton ou Frank Morgan, ou nos papéis de "malvados", como John Carradine ou Joseph Calleja. Era meio como na *Commedia dell'arte*, em que cada papel é previsível, e já ao ler os nomes do *cast* eu sabia que Billie Burke seria a senhora meio avoada, Aubrey Smith o coronel carrancudo, Mischa Auer o escroque pobretão, Eugene Pallette o bilionário; mas também esperava a pequena surpresa, como reconhecer uma cara famosa num papel inesperado, talvez maquiada de um jeito diferente. Conhecia os nomes de quase todos, até daquele que sempre representava o porteiro de hotel melindroso (Hugh Pagborne) e também daquele que sempre representava o barman resfriado (Armetta); e de outros, cujos nomes não lembro ou nunca consegui saber, lembro-me das caras; por exemplo, os diversos mordomos, que eram uma categoria em si muito importante no cinema de então, talvez porque já se começasse a perceber que a época dos mordomos havia terminado.

Uma erudição de espectador, a minha, note-se bem, e não de especialista. Nunca poderia competir com os eruditos profissionais da matéria (e nem sequer apresentar-me em programas de auditório), porque nunca fiquei tentado a corroborar minhas lembranças com a consulta a manuais, repertórios filmográficos, enciclopédias especializadas. Essas lembranças são parte de um armazém mental e pessoal em que importam não os documentos escritos, mas somente o depósito casual das imagens ao longo dos dias e dos anos, um armazém de sensações particulares que nunca quis misturar com os armazéns da memória coletiva. (Dos críticos da época, eu acompanhava os artigos de Filippo Sacchi, no *Corriere*, muito fino e atento a meus atores favoritos; mais tarde, no *Bertoldo*, acompanhei "Volpone" — aliás, Pietro Bianchi —, o primeiro a lançar uma ponte entre cinema e literatura.)

É preciso dizer que essa história toda se concentra em poucos anos: minha paixão mal teve tempo de se reconhecer e se libertar da repressão familiar, e foi sufocada de repente pela repressão do Estado. De um dia para o outro (em

■ *O CAMINHO DE SAN GIOVANNI*

1938, creio), a Itália, para estender sua autarquia ao campo cinematográfico, decretou o embargo aos filmes americanos. Não era propriamente uma questão de censura: a censura, como de costume, dava ou não dava o visto a cada filme isoladamente, e os que não passavam, ninguém via, e pronto. Apesar da atabalhoada campanha anti-hollywoodiana com a qual a propaganda do regime acompanhou a medida (regime que justamente naquela época ia se alinhando ao racismo hitleriano), o verdadeiro motivo do embargo devia ser protecionismo comercial, para dar espaço no mercado à produção italiana (e alemã). De modo que as quatro maiores produtoras e distribuidoras americanas — Metro, Fox, Paramount, Warner (estou relatando ainda de memória, confiando na exatidão do registro de meu trauma) — foram interditadas, ao passo que filmes de outras produtoras americanas, como a RKO, Columbia, Universal, United Artists (que, mesmo antes, eram distribuídos por intermédio de sociedades italianas), continuaram chegando até o fim de 1941, ou seja, até que a Itália se visse em guerra contra os Estados Unidos. Ainda me foi concedida alguma satisfação isolada (aliás, uma das maiores: *No tempo das diligências*), mas minha voracidade de colecionador levara um golpe mortal.

Em comparação a todas as proibições e obrigações que o fascismo havia imposto, e às mais graves ainda que ia impondo naqueles anos de pré-guerra e, em seguida, de guerra, o veto aos filmes americanos era certamente uma privação menor ou mínima, e eu não era tão tolo a ponto de não sabê-lo; mas era a primeira que atingia diretamente a mim, que não conhecera outros anos a não ser os do fascismo, nem sentira outras necessidades a não ser as que o ambiente em que eu vivia podia sugerir e satisfazer. Era a primeira vez que um direito de que gozava me era tolhido — mais que um direito, uma dimensão, um mundo, um

AUTOBIOGRAFIA DE UM ESPECTADOR ■

espaço da mente —; e senti essa perda como uma opressão cruel, que encerrava em si todas aquelas formas de opressão que conhecia apenas de ouvir falar ou de ter visto outras pessoas sofrerem. Se ainda hoje posso falar disso como de um bem perdido, é porque alguma coisa desapareceu assim de minha vida para nunca mais reaparecer. Finda a guerra, muitas coisas haviam mudado: eu estava mudado, e o cinema tinha se tornado outra coisa, uma outra coisa em si e uma outra coisa em relação a mim. Minha biografia de espectador retoma seu curso, mas é a de outro espectador, que já não é apenas espectador.

Com tantas outras coisas na cabeça, se eu revisitava na lembrança o cinema hollywoodiano de minha adolescência, achava-o uma coisa pobre: não era uma das épocas heróicas do cinema mudo ou dos primórdios do cinema falado para as quais minhas primeiras explorações pela história do cinema haviam despertado a vontade. Até minhas lembranças da vida daqueles anos tinham mudado, e tantas coisas que eu considerara como o insignificante cotidiano agora se coloriam de significado, de tensão, de premonição. Enfim, ao reconsiderar meu passado, o mundo da tela revelava-se para mim muito mais pálido, mais previsível, menos emocionante que o mundo de fora. Claro, sempre poderia afirmar que havia sido a vida de província, cinzenta e banal, a me impelir em direção aos sonhos de celulóide, mas sei que estaria recorrendo a um lugar-comum que simplifica em demasia a complexidade da experiência. Não adianta agora eu ficar explicando como e por que a vida provincial que me cercava durante a infância e a adolescência era inteirinha feita de exceções à regra, e a tristeza e a acídia, se havia, estavam dentro de mim, mas não no aspecto visível das coisas. E até o fascismo, numa localidade em que não se apreendia a dimensão de massa dos fenômenos, era um conjunto de rostos isolados, de comportamentos individuais, e não, portanto,

■ *O CAMINHO DE SAN GIOVANNI*

um manto uniforme como uma demão de piche, mas (digo aos olhos desencantados de um garoto que olhava meio de fora, meio de dentro) um elemento a mais de contraste, um fragmento do quebra-cabeça que, por seu contorno disforme era mais difícil fazer com que se encaixasse nos demais, um filme do qual havia perdido o começo e do qual não sabia imaginar o fim. Mas então, o que tinha sido o cinema, nesse contexto, para mim? Diria: a distância. Ele respondia a uma necessidade de distância, de dilatação dos limites do real, de ver se abrindo ao meu redor dimensões incomensuráveis, abstratas como entidades geométricas, mas também concretas, absolutamente repletas de caras e situações e ambientes que, com o mundo da experiência direta, estabeleciam uma rede própria (e abstrata) de relações.

Do pós-guerra em diante o cinema foi visto, discutido, feito, de maneira totalmente distinta. Não sei quanto o cinema italiano do pós-guerra mudou nosso modo de ver o mundo, mas certamente mudou nosso modo de ver o cinema (qualquer cinema, mesmo o americano). Não há um mundo dentro da tela iluminada na sala escura e lá fora outro mundo heterogêneo e separado por uma nítida descontinuidade, oceano ou abismo. A sala escura desaparece, a tela é uma lente de aumento pousada sobre o exterior cotidiano, e nos obriga a fitar aquilo pelo qual o olho nu tende a deslizar sem se deter. Essa função tem — pode ter — sua utilidade, pequena, ou média, ou em alguns casos enorme. Mas aquela necessidade antropológica, social, de distância não é satisfeita.

Além disso (para retomar o fio da biografia individual), eu entrei logo para o mundo do papel escrito, que em algumas de suas margens é fronteiriço ao mundo do celulóide. Obscuramente, senti logo que, em nome de meu velho amor pelo cinema, tinha de preservar minha condição de mero espectador, e que perderia os privilégios dessa condição se

AUTOBIOGRAFIA DE UM ESPECTADOR ■

passasse para o lado dos que fazem os filmes; nunca tive, por outro lado, a tentação de experimentar. Mas, tendo a sociedade italiana pouca espessura, a gente encontra os que fazem cinema no restaurante, todo o mundo conhece todo o mundo, coisa que já tira boa parte do fascínio da condição de espectador (e de leitor). Acrescente-se o fato de que, por um certo período, Roma havia se tornado uma Hollywood internacional, e de que entre as cinematografias dos diversos países as barreiras logo caíram; enfim, o senso da distância perdeu-se, em todas as suas acepções.

Eu, de qualquer modo, ainda vou ao cinema. O encontro excepcional entre espectador e uma visão filmada sempre pode acontecer, por mérito da arte ou então do acaso. No cinema italiano pode-se esperar muito do gênio pessoal dos diretores, mas pouquíssimo do acaso. Essa deve ser uma das razões pelas quais às vezes admirei, freqüentemente apreciei, mas nunca amei o cinema italiano. Sinto que de meu prazer de ir ao cinema, ele mais tirou do que deu. Porque esse prazer tem de ser avaliado não só a partir dos "filmes de autor", com os quais estabeleço uma relação crítica de tipo "literário", mas também a partir do que pode aparecer de novo na produção média e menor, com a qual procuro restabelecer uma relação de mero espectador.

Deveria então falar da comédia satírica de costumes que durante toda a década de 60 constituiu a produção média típica da Itália. Na maioria dos casos a considero detestável, porque, quanto mais a caricatura de nossos comportamentos sociais se quer impiedosa, tanto mais se revela complacente e indulgente; em outros casos a considero simpática e bonachona, com um otimismo que permanece milagrosamente genuíno, mas então sinto que não me impele a dar um só passo adiante no conhecimento de nós mesmos. Enfim, olharmo-nos diretamente nos olhos é difícil. É justo

■ *O CAMINHO DE SAN GIOVANNI*

que a vitalidade italiana encante os estrangeiros, mas que me deixe indiferente.

Não por acaso uma produção artesanal de qualidade constante e originalidade estilística nasceu aqui na Itália com o *spaghetti western*, ou seja, como recusa da dimensão em que o cinema italiano havia se afirmado e estacionado. E como construção de um espaço abstrato, deformação parodística de uma convenção puramente cinematográfica. (Mas desse modo também revela alguma coisa a nosso respeito, como psicologia de massa: o que o western representa para nós, o modo como integramos e corrigimos o mito para nele investir o que carregamos dentro de nós.)

Assim, também eu, para recriar o prazer pelo cinema, tenho de sair do contexto italiano e me reencontrar como mero espectador. Nas salas tão apertadas e fedorentas dos *studios* do Quartier Latin posso desencavar os filmes dos anos 20 ou 30 que acreditava ter perdido para sempre, ou me deixar agredir pela última novidade, talvez brasileira ou polonesa, que chega de ambientes dos quais nada sei. Enfim, vou procurar ou os velhos filmes que possam me iluminar sobre minha pré-história, ou aqueles tão novos que talvez possam me indicar como será o mundo depois de mim. E até nesse sentido, ainda são os filmes americanos — refiro-me aos mais recentes — que têm algo mais inédito a comunicar: sempre e ainda sobre rodovias, *drugstores*, caras jovens ou velhas, sobre o modo de se mover de um lugar para outro e de passar a vida.

Mas o que o cinema dá agora já não é a distância: é o sentimento irreversível de que tudo está perto, apertado, em cima da gente. E essa observação tão avizinhada pode ser num sentido explorativo-documentário ou num sentido introspectivo, as duas direções em que hoje podemos definir a função cognoscitiva do cinema. Uma é a de nos dar uma imagem forte de um mundo exterior a nós, que por alguma razão objetiva

AUTOBIOGRAFIA DE UM ESPECTADOR ■

ou subjetiva não conseguimos perceber diretamente; a outra é a de nos forçar a ver a nós mesmos e nossa existência diária de um modo que mude alguma coisa em nossas relações com nós mesmos. Por exemplo, a obra de Federico Fellini é o que mais se aproxima dessa biografia de espectador que ele próprio me convenceu a escrever agora; só que nele a biografia também se tornou cinema, é o exterior a invadir a tela, a escuridão da sala a despejar-se no cone de luz.

Aquela autobiografia que Fellini prosseguiu ininterruptamente, desde *Os boas-vidas* até hoje, me toca de perto não só porque na idade apenas uns poucos anos nos separam, e não só porque ambos viemos de cidades litorâneas, ele da costa adriática e eu da lígure, onde a vida dos rapazotes ociosos era bastante parecida (ainda que minha San Remo, sendo uma cidade de fronteira e com um cassino, tivesse muitas diferenças com sua Rimini; além disso em minha terra o contraste entre verão balneário e a "estação morta" do inverno só era sentido desse modo durante os anos da guerra, talvez), mas também porque por trás de toda a miséria dos dias passados nos cafés, do passeio até o cais, do amigo que se disfarça de mulher e depois toma um porre e chora, reconheço uma juventude insatisfeita de espectadores cinematográficos, de uma província que julga a si própria em relação ao cinema, a comparação com aquele outro mundo que é o cinema.

Nesse sentido, a biografia do herói felliniano — que o cineasta retoma desde o início a cada vez — é mais exemplar do que a minha porque o jovem abandona a província, vai a Roma e passa para o outro lado da tela, faz cinema, torna-se cinema ele próprio. O filme de Fellini é cinema pelo avesso, máquina de projeção que engole a platéia e máquina de filmar que vira as costas para o set, mas os dois pólos são ainda interdependentes, a província adquire um sentido ao ser recordada de Roma, Roma adquire um sentido ao ter-

■ *O CAMINHO DE SAN GIOVANNI*

mos chegado da província, entre as monstruosidades humanas de uma e de outra se estabelece uma mitologia comum, que gira em torno de gigantescas divindades femininas como a Anita Ekberg de *A doce vida*. E trazer à luz e classificar essa mitologia convulsa é a aposta do trabalho de Fellini, tendo ao centro a auto-análise de *Oito e meio* como uma espiral apinhada de arquétipos.

Para definir mais exatamente como as coisas se desenrolaram, é preciso lembrar que na biografia de Fellini a inversão dos papéis de espectador a diretor foi precedida pela inversão de leitor de revistas semanais humorísticas a cartunista e colaborador daquelas mesmas revistas. A continuidade entre o Fellini cartunista-humorista e o Fellini cineasta é dada pela personagem de Giulietta Masina e por toda a especial "esfera Masina" de sua obra, ou seja, por uma poética rarefeita que engloba a esquematização figurativa das charges humorísticas, e se estende — através das praças interioranas de *Na estrada da vida* — ao mundo do circo, à melancolia do *clown*, um dos motivos mais insistentes do teclado felliniano, e mais ligados a um gosto estilístico retrodatado, isto é, que corresponde a uma visualização infantil, desencarnada, pré-cinematográfica de um mundo "outro". (Aquele mundo "outro" ao qual o cinema confere uma ilusão de carnalidade que confunde seus fantasmas com a carnalidade atraente-repulsiva da vida.)

E não por acaso o filme-análise do mundo de Masina, *Julieta dos espíritos*, tem por referência figurativa e cromática declarada as charges coloridas do *Corriere dei Piccoli*: é o mundo gráfico do papel impresso de larga difusão a reivindicar sua especial autoridade visual e seu estreito parentesco com o cinema desde as origens.

Nesse mundo gráfico, o semanário humorístico — território, creio eu, ainda virgem para a sociologia da cultura (distante como é dos percursos entre Frankfurt e Nova York)

— deveria ser estudado como canal indispensável, quase tanto quanto o cinema, para a definição da cultura de massa da província italiana entre as duas guerras. E deveria ser estudada (se ainda não o foi) a ligação entre jornal humorístico e cinema italiano, não fosse por outro motivo, pelo lugar que ocupa na biografia de outro e mais idoso dos pais fundadores de nosso cinema: Zavattini. É a contribuição do jornal humorístico (talvez mais que as da literatura, da cultura figurativa, da fotografia sofisticada, do jornalismo à la Longanesi) que fornece ao cinema italiano um tipo de comunicação já testado com o público, como estilização de figuras e narração.

Mas o Fellini diretor se relaciona não apenas com a esfera do humorismo "poético", "crepuscular", "angélico", dentro da qual ele havia se situado com suas charges e seus textos juvenis, mas também com o aspecto o mais plebeu e romanesco que caracterizava outros cartunistas do *Marc'Aurelio*, como por exemplo Attalo, que representava a sociedade contemporânea com uma luz desagradável e uma vulgaridade intencional, com um traço de tinta tão malcriado, quase descarado, a ponto de excluir toda a ilusão consolatória. A força da imagem nos filmes de Fellini, tão difícil de definir porque não se encaixa nos códigos de nenhuma cultura figurativa, tem suas raízes na agressividade redundante e desarmônica da gráfica jornalística. Aquela agressividade capaz de impor ao mundo inteiro cartuns e tiras que, quanto mais parecem marcados por uma estilização individual, mais comunicativos resultam em termos de massa.

Esse manancial de capacidade comunicativa popular Fellini nunca perdeu, nem mesmo quando sua linguagem se tornou mais sofisticada. Aliás, seu antiintelectualismo programático nunca falhou: o intelectual, para Fellini, sempre é um desesperado que, na melhor das hipóteses, se enforca como em *Oito e meio*, e quando as coisas lhe escapam das

■ *O CAMINHO DE SAN GIOVANNI*

mãos, como em *A doce vida*, se dá um tiro depois de ter massacrado os filhinhos. (A mesma escolha, em *Roma*, se cumpre numa época de estoicismo clássico.) Nas intenções declaradas de Fellini, à lucidez intelectual, árida e raciocinativa, se contrapõe um conhecimento espiritual, mágico, de participação religiosa no mistério do universo: mas, no plano dos resultados, nem um nem outra me parecem ter ênfase cinematográfica suficientemente forte. Permanece, no entanto, como constante defesa do intelectualismo, a natureza sanguínea de seu instinto espetacular, a truculência elementar de carnaval e de fim do mundo que sua Roma da Antiguidade ou de nossos dias infalivelmente evoca.

O que tantas vezes foi definido como o barroquismo de Fellini reside em forçar constantemente a imagem fotográfica na direção que do caricatural leva ao visionário — mas sempre tendo em mente uma representação bastante precisa como ponto de partida que tem de encontrar sua forma mais comunicativa e expressiva. E isso, para nós que somos de sua geração, é particularmente evidente nas imagens do fascismo, que em Fellini, por mais grotesca que seja a caricatura, sempre têm um sabor de verdade. O fascismo que no decorrer de vinte anos teve tantos climas psicológicos diferentes, assim como a cada ano mudavam os uniformes — e Fellini sempre coloca os uniformes certos e o clima psicológico certo dos anos que está representando.

A fidelidade para com o real não deveria ser um critério de julgamento estético, e no entanto, ao assistir aos filmes dos jovens diretores que gostam de reconstituir indiretamente a época fascista, como um cenário histórico-simbólico, não posso deixar de sofrer. Em especial no mais prestigioso de nossos jovens cineastas, tudo que diz respeito ao fascismo é metodicamente desafinado, coisa talvez conceitualmente justificável mas falsa no plano das imagens, como se nem por acaso conseguisse acertar o alvo. Significaria tal-

AUTOBIOGRAFIA DE UM ESPECTADOR ■

vez que a experiência de uma época não é transmissível, que um tecido sutil de percepções será irremediavelmente perdido? Ou significaria que as imagens através das quais os jovens imaginam a Itália fascista e que são sobretudo as que os escritores produziram (produzimos), imagens parciais que pressupunham uma experiência pertencente a todos, uma vez perdida essa referência comum já não são capazes de evocar a densidade histórica de uma época? Em Fellini, ao contrário, basta que o engraçado chefe de estação ao ser caçoado pelos jovens do trem de *Os clowns* chame um militar ferroviário dos bigodinhos pretos e que do trem espectral os braços dos moços se ergam em silenciosa saudação romana, e pronto, o clima da época está lá, plenamente transmitido, inconfundível. Ou basta que a platéia do teatrinho de revista de *Roma* seja atravessada pelo som lúgubre da sirene de ataque aéreo.

Provavelmente o mesmo resultado de precisão evocatória obtida através da exasperação da caricatura pode ser encontrado nas imagens da educação religiosa, que parece ter sido para Fellini um trauma fundamental, a julgar pela freqüência com que aparecem padres aterradores, de um horror que chega a ser fisiológico. (Mas aqui não tenho competência para julgar: só conheci a repressão leiga, mais interiorizada, da qual é mais difícil libertar-se.) À presença de uma escola-igreja repressora, Fellini contrapõe aquela, mais vaga, de uma igreja mediadora dos mistérios da natureza e do homem, que não tem traços, como a monja anã que apazigua o maluco na árvore em *Amarcord*, ou de uma igreja que não responde às perguntas do homem em crise, como o vetusto monsenhor que fala dos pássaros em *Oito e meio*, certamente a mais sugestiva, inesquecível imagem do Fellini religioso.

Assim Fellini pode ir muito à frente no caminho da repulsão visual, mas no da repulsão moral ele pára, recupe-

■ *O CAMINHO DE SAN GIOVANNI*

ra o monstruoso para o humano, para a indulgente cumplicidade carnal. Quer a província *vitellona* quer a Roma dos cineastas são círculos do inferno, mas ao mesmo tempo são Terras da Abastança de que se pode desfrutar. Por isso Fellini consegue perturbar até o fim — porque nos obriga a admitir que o que mais gostaríamos de afastar nos é intrinsecamente próximo.

Como na análise da neurose, passado e presente misturam suas perspectivas; como no desencadeamento da crise histérica, exteriorizam-se em espetáculo. Fellini faz do cinema a sintomatologia do histerismo italiano, aquele específico histerismo familiar que, antes dele, era representado como fenômeno sobretudo meridional e que ele, daquele lugar de mediação geográfica que é sua Romanha, redefine em *Amarcord* como o verdadeiro elemento unificador do comportamento italiano. O cinema da distância, que alimentara nossa juventude, está definitivamente invertido no cinema da proximidade absoluta. Na estreita duração de nossas vidas tudo permanece ali, angustiosamente presente; as primeiras imagens do eros e as premonições da morte nos alcançam em todo sonho; o fim do mundo começou conosco e não dá o menor sinal de querer terminar; o filme do qual nos iludíamos ser somente espectadores, é a história de nossa vida.

LEMBRANÇA DE UMA BATALHA

Não é verdade que já não me lembro de nada, as lembranças ainda estão lá, escondidas no novelo cinzento do cérebro, no úmido leito de areia que se deposita no fundo da torrente dos pensamentos — se é verdade que cada grão dessa areia mental guarda um momento da vida fixado de tal modo que já não seja possível apagá-lo, mas sepultado por bilhões e bilhões de outros grãozinhos. Estou tentando trazer de novo à tona um dia, uma manhã, uma hora entre a escuridão e a luz no raiar daquele dia. Há anos deixei de remexer essas lembranças, encafuadas feito enguias nas poças da memória. Tinha certeza de que a qualquer momento bastaria revolver a água rasa para vê-las aflorar num golpe de cauda. Na pior das hipóteses, teria de levantar algumas das pedras enormes que servem de barragem entre o presente e o passado, para descobrir as pequenas cavernas atrás da testa onde se aninham as coisas esquecidas. Mas por que aquela manhã e não outro momento? Há alguns pontos emergindo do fundo de areia, sinal de que ao redor daquele ponto girava uma espécie de vórtice, e, quando as lembranças, após um longo sono, despertam, é a partir do centro de um daqueles vórtices que a espiral do tempo se desdobra.

■ *O CAMINHO DE SAN GIOVANNI*

Mas agora que quase trinta anos se passaram e finalmente decidi puxar as redes das lembranças para ver o que há dentro delas, eis-me aqui, barafustando na escuridão, como se a manhã já não quisesse começar, como se não conseguisse desgrudar os olhos do sono, e exatamente essa imprecisão talvez seja o sinal de que a lembrança é precisa, o que agora me parece meio apagado também o era então, naquela manhã a alvorada fora às quatro, e logo o destacamento de Olmo estava em marcha bosque abaixo na escuridão, quase correndo por atalhos, você não consegue ver por onde pisa, talvez não sejam trilhas, mas somente despenhadeiros, leitos secos de regatos tomados por sarças e samambaias, pedras lisas sobre as quais os sapatos com travas escorregam, e aqui ainda estamos no início da marcha de aproximação, como agora é uma marcha de aproximação na memória o que estou tentando cumprir no rastro de lembranças desmoronadiças, não lembranças visuais, porque era uma noite sem lua ou estrelas, lembranças do corpo desmoronado na escuridão, com a meia ração de castanhas no estômago, que não conseguem dar calor, mas apenas pesar como um punhado azedo de pedregulho que se mete avidamente no estômago e que solavanca, com o peso do caixote de munições da metralhadora batendo em meus ombros que me faz correr o risco de me desequilibrar e cair de cara no chão a cada vez que o pé falha, ou me derrubar para trás de costas contra as pedras. Da descida toda, talvez tenham ficado na memória somente essas quedas, que poderiam ser até as de outra noite ou manhã. Os despertares para a ação são todos parecidos, eu sou um dos carregadores de munição de minha esquadra, sempre debaixo daquele duro caixote quadrado com as correias serrando os ombros, mas nestas lembranças as imprecações minhas e daqueles que vêm logo atrás se amortecem num estalejar em voz baixa, como se nos deslocarmos em silêncio fosse o fato

LEMBRANÇA DE UMA BATALHA ■

essencial, dessa vez mais ainda que nas outras, porque à mesma hora noturna por todas as encostas do bosque vão descendo fileiras de homens armados como a nossa, todos os destacamentos do batalhão de Figaro, acampados em casebres escondidos, partiram a tempo, todos os batalhões da brigada de Gino transbordam pelos vales, e cruzam pelas trilhas de mula com outras fileiras que já se haviam posto em marcha na noite anterior desde montanhas longínquas, assim que receberam aquela ordem de Vittò, que comanda a divisão: os *partigiani* de toda a região devem se concentrar ao amanhecer ao redor de Baiardo.

O ar demora a clarear. E, no entanto, já deveria ser março, o começo da primavera, a última (mas será verdade?) primavera de guerra ou até a última (para quantos de nós, ainda?) da vida. A incerteza da lembrança é exatamente a da luz e da estação e do depois. O que importa é que essa descida na memória incerta e fervilhante de sombras me leve a tocar algo de firme, como quando senti sob os pés o cascalho da estrada carroçável, e reconheci aquele pedaço da estrada mestra para Baiardo que passa aos pés do cemitério, e na virada, ainda que eu não o esteja vendo, sei que temos à frente o vilarejo pontudo no alto de um cocoruto. Agora que arranquei do cinza do esquecimento um lugar preciso e a mim familiar desde a infância, eis que a escuridão começa a se tornar transparente e a filtrar as formas e as cores: de repente já não estamos sós, nossa coluna está flanqueando outra coluna parada na estrada mestra; aliás, estamos avançando no meio de duas fileiras de homens parecidos conosco, que fazem tropel, as armas aos pés. "Com quem vocês estão?", alguém pergunta. "Com Figaro. E vocês?" "Com Pelletta." "Nós, com Gori", nomes de comandantes com bases em outros vales e montanhas.

E nos olhamos ao passar, porque dá sempre uma sensação estranha nos vermos um destacamento ao outro, ou

69

■ *O CAMINHO DE SAN GIOVANNI*

registrar quantas formas diferentes existem entre nós, roupas de todas as cores, pedaços de uniformes desemparelhados, mas também o quanto somos reconhecíveis e iguais nos rasgos onde a roupa se esgarça mais facilmente (no ombro em que se apóia a correia do fuzil, nos bolsos arrebentados pelos pentes de latão, nas calças que os galhos e as moitas logo reduzem a trapos), diferentes e iguais no equipamento, um triste enxoval de velhos fuzis 91 arrebentados e granadas de mão alemãs, enfiadas pelo cabo de madeira no cinto, no meio do qual se destaca o mostruário das armas leves, mais modernas e tinintes, que a guerra foi semeando pelos campos da Europa e que cada combate redistribui de um lado e do outro. Percebemo-nos barbudos ou imberbes, de cabelos compridos ou tosados, com os furúnculos aparecendo de tanto comer apenas castanhas e batatas meses a fio. Perscrutamo-nos emergindo da escuridão, como que surpresos de nos sabermos tantos os sobreviventes ao inverno aterrador, de nos vermos tão numerosos juntos, como só acontece nos dias de grande vitória ou de grande derrota. E nesse nosso olhar uns aos outros paira suspensa a interrogação sobre o dia que está começando, que se prepara num vaivém de comandantes de binóculos pendurados no pescoço, distribuindo às pressas os destacamentos pela estrada poeirenta, designando postos e tarefas para o ataque a Baiardo.

Eis que deveria abrir um parêntese para informar que esse vilarejo dos Pré-Alpes Marítimos, entrincheirado como um castelo antigo, estava então nas mãos dos *bersaglieri repubblichini*, em boa parte estudantes, um corpo bem armado e aparelhado e aguerrido, no controle de todo o verde vale de oliveiras que se estendia abaixo até Ceriana, e que nós, os *partigiani* das "Garibaldi" e esses *bersaglieri* do exército de Graziani travávamos uma guerra ininterrupta e feroz fazia meses. Deveria ainda acrescentar muitas coisas

LEMBRANÇA DE UMA BATALHA ■

para explicar como era essa guerra naquele lugar e naqueles meses, mas, antes de despertar as lembranças, tornaria a cobri-las com a crosta sedimentada dos discursos do depois, que arrumam e explicam tudo segundo a lógica da história passada, ao passo que agora o que desejo reconduzir à luz é o momento em que dobramos por uma trilha que dá a volta lá embaixo, ao redor do vilarejo, em fila indiana pelo bosque ralo e avermelhado, e veio a ordem: "Tirem os sapatos e pendurem no pescoço. Ai de nós se ouvirem o barulho dos passos! Ai de nós se os cães no vilarejo começarem a latir! Passem a ordem adiante, em silêncio".

É isso, era exatamente por este momento que eu queria começar a narração. Durante anos disse a mim mesmo: agora não, mais tarde, quando eu quiser lembrar, bastará chamar de volta à mente o alívio que senti ao desamarrar as botinas enrijecidas, a sensação do chão sob a planta dos pés, as pontadas dos ouriços das castanhas e dos cardos selvagens, o modo cauteloso que os pés têm de pisar quando, a cada passo, os espinhos afundam através da lã para dentro da pele; tornar a me ver enquanto paro para arrancar os ouriços da sola endurecida das meias, que de pronto vão colher outros; pensava que bastaria recordar esse momento e que todo o resto viria atrás, como o desenovelar de um fio, como o desmanchar-se daquelas meias arrebentadas nos dedões dos pés e nos calcanhares, sobre outras camadas de meias também arrebentadas, e dentro todos os espinhos as espigas as estilhas, a poeirada vegetal da serapilheira enroscando na lã.

Se me concentro nesse detalhe amplificado, é para não perceber quantos rasgos há em minha memória. O que antes eram sombras noturnas agora são manchas claras e desfocadas. Cada sinal era interpretado, como o canto dos galos de Baiardo rompendo todos juntos o silêncio do amanhecer, e poderia ser o sinal da normalidade diária ou então de que o vilarejo já tinha sido alertado. Nossa esquadra postou-se

■ *O CAMINHO DE SAN GIOVANNI*

com a metralhadora entre as oliveiras, lá embaixo. Não vemos o vilarejo. Há um poste telefônico e o fio que conecta Baiardo a (creio) Ceriana. Os objetivos que nos foram designados, eu lembro: cortar os fios do telefone assim que percebermos o início do ataque, barrar o caminho aos fascistas se tentarem fugir pelos campos abaixo, ficar alerta para subir ao vilarejo e reforçar o ataque assim que derem o comando.

O que eu gostaria de saber é por que a rede furada da memória retém certas coisas e não outras: dessas ordens nunca executadas eu me lembro tintim por tintim, mas agora gostaria de lembrar as caras e os nomes de meus companheiros de esquadra, as vozes, as frases em dialeto, e como fizemos com os fios para cortá-los sem torquês. Até o plano da batalha eu lembro, como tinha de ser em suas várias fases, e como não foi. Mas, para seguir o meu fio, eu deveria percorrer tudo de novo através da audição: o silêncio especial de uma manhã no campo cheio de homens em silêncio, estrondos, disparos que enchem o céu. Um silêncio que estava previsto, mas que durou além do previsto. Depois, tiros, estampidos e rajadas de todos os tipos, um emaranhado sonoro impossível de decifrar porque não toma forma no espaço, mas apenas no tempo, num tempo de espera para nós, postados naquele fundo de vale de onde não se enxerga porcaria nenhuma.

Continuo perscrutando o fundo do vale da memória. E meu medo de agora é que, assim que uma lembrança se perfilar, ela vá logo tomando um matiz errado, maneirista, sentimental, como sempre acontece com a guerra e a juventude, e se torne um pedaço de relato com o estilo de então, que não pode nos dizer como as coisas eram de fato, mas somente como acreditávamos vê-las e dizê-las. Não sei se estou destruindo ou salvando o passado, o passado oculto naquele vilarejo sitiado.

72

O vilarejo está lá no alto, próximo e inalcançável, um vilarejo onde não havia, afinal, muita coisa boa a ser conquistada, mas que para nós, errantes nos bosques havia meses, concentrava a idéia das casas, das ruas, das pessoas. Uma jovem refugiada que no agosto passado (quando Baiardo estava em nossas mãos) me olhara com espanto ao me reconhecer entre os *partigiani*. Eis que uma recordação de guerra e de juventude não podia deixar de trazer consigo ao menos um olhar de mulher, no centro do vilarejo sitiado em seu cerco de morte. O cerco agora é só disparos isolados. Alguma rajada, ainda. Silêncio. Ficamos alerta para barrar o caminho de algum inimigo em debandada. Mas não vem ninguém. Esperamos. Seja lá qual tenha sido o andamento das coisas, agora certamente um dos nossos virá nos render. Faz muito tempo que estamos aqui sozinhos, apartados de tudo.

Ainda é a audição, não a visão, a tomar as rédeas da memória: do vilarejo se ouve um estrondo e vozes, estão cantando agora. Os nossos comemoram a vitória! Estamos nos aproximando do vilarejo, quase correndo. Já passamos as primeiras casas. O que estão cantando? Não é "Fischia il vento…". Paramos. É "Giovinezza" que estão cantando! Os fascistas venceram. Já estamos descendo, pulando entre as faixas de oliveiras, procurando aumentar o mais possível o espaço entre nós e a aldeia. Sabe-se lá há quanto tempo os nossos já estão em retirada. Sabe-se lá como faremos para alcançá-los. Ficamos dispersos em território inimigo.

Minha lembrança da batalha terminou. Agora só me resta desencavar a lembrança da fuga no fundo da torrente recoberta de densas nogueiras, a qual estamos procurando remontar para evitar as estradas. Tornar a abrir caminho por entre a noite no bosque (uma sombra humana cortou nosso caminho correndo, como que tomada por um medo ensandecido, e não ficamos sabendo quem era). Revistar as cinzas

■ *O CAMINHO DE SAN GIOVANNI*

frias do acampamento abandonado, buscando reencontrar os rastros do grupo de Olmo.

Ou então posso focalizar tudo que da batalha soube mais tarde: como os nossos entraram no vilarejo correndo e disparando e como foram rechaçados, deixando três mortos. Eis que, se tento descrever a batalha como eu não a vi, a memória, que até agora se demorou atrás das sombras incertas, toma impulso e deslancha: vejo a coluna dos que vão abrindo caminho em direção à praça, enquanto, pelas vielas em degraus, sobem os que deram a volta à aldeia. Poderia dar a cada um seu nome, seu posto, seu gesto. Na batalha, a lembrança do que não vi pode encontrar uma ordem e um sentido mais preciso do que aquilo que realmente vivi, sem aquelas sensações confusas atulhando a lembrança toda. Claro, aqui também ficam alguns espaços em branco que não posso preencher. Concentro-me nas caras que conheço melhor: na praça está Gino, um rapaz atarracado que comanda nossa brigada, ele aparece e se agacha, disparando de uma balaustrada, com os tufos pretos de barba ao redor dos maxilares tensos, os olhos pequeninos brilhando sob a aba do chapéu de mexicano. Sei que naquela época Gino usava outro chapéu, mas agora não consigo lembrar se era um colbaque ou um gorro de lã ou um chapéu alpino. Ainda o vejo com aquele grande chapéu de palha que pertence a uma lembrança do verão anterior.

Mas já não tenho tempo para imaginar detalhes, porque os nossos têm de se desvencilhar o quanto antes, se não quiserem ficar presos na esparrela dentro do vilarejo. De uma mureta, Tritolo salta para a frente e lança uma granada como se estivesse brincando. A seu lado está Cardù, que cobre a retirada dos outros fazendo gestos para trás, para dizer que o caminho agora está livre. Alguns dos *bersaglieri* já reconheceram a esquadra dos milaneses, ex-camaradas deles que havia um ano tinham se passado para nosso lado. E aqui estou me aproximando do ponto que tenho em mente desde o começo, e é quando Cardù morre.

A memória da imaginação é também uma memória da época, porque estou trazendo à tona coisas que imaginava naquele tempo. Não era o momento da morte de Cardù o que eu via, mas o depois, quando os nossos já haviam deixado a aldeia e um dos *bersaglieri* revira um corpo no chão, e vê os bigodes loiro-arruivados e o largo peito dilacerado, e diz: "Veja, olhe só quem morreu", e então todos se apinham ao redor deste que, em lugar de ser o melhor deles, havia sido o melhor dos nossos, Cardù, que desde que os tinha deixado, retornava em suas conversas e pensamentos e medos e lendas, Cardù, que muitos deles teriam gostado de imitar se tivessem coragem para tanto, Cardù, com o segredo de sua força no sorriso descarado e tranqüilo.

Tudo que escrevi até aqui me serve para compreender que daquela manhã já não recordo quase nada, e ainda mais páginas me restaria escrever para dizer o fim de tarde, a noite. A noite do morto no vilarejo inimigo, velado por vivos que já não sabem quem está vivo e quem está morto. A noite em mim, procurando os companheiros na montanha para que me digam se venci ou perdi. A distância que separa aquela noite de então desta noite em que escrevo. O sentido de tudo aparecendo e desaparecendo.

LA POUBELLE AGRÉÉE

Dos afazeres domésticos, o único que eu desempenho com alguma competência e satisfação é o de botar o lixo para fora. A operação se divide em várias fases: retirada da lata de lixo da cozinha e respectivo esvaziamento no recipiente maior que fica na garagem, em seguida transporte do mencionado recipiente até a calçada fora da porta de casa, de onde será coletado pelos lixeiros e, por sua vez, esvaziado no caminhão.

A lixeira da cozinha é um balde cilíndrico de matéria plástica de cor verde-ervilha. Para levá-la embora é preciso esperar o momento apropriado, quando se pressupõe que tudo que havia para jogar fora tenha sido jogado, ou seja, quando, tirada a mesa, o último osso ou casca ou crosta já deslizou para baixo pela superfície lisa dos pratos, e o mesmo rápido gesto de mãos peritas levou-os, um a um, os pratos, depois de um primeiro e sumário enxágüe debaixo da torneira, a se postarem em coluna nas grades da lava-louças.

A vida da cozinha baseia-se num ritmo musical, num encadeamento de movimentos feito passos de dança, e, quando falo de rápido gesto, é numa mão feminina que penso, e não certamente em meus movimentos desafinados e entorpecidos, sempre um estorvo ao trabalho alheio. (Isso,

■ *O CAMINHO DE SAN GIOVANNI*

ao menos, é o que sempre ouvi repetir ao longo de toda a minha vida de pais, companheiros, companheiras, superiores, subalternos e agora até de minha filha. Espalharam de boca em boca para me desmoralizar, eu sei, acreditam que se continuarem me dizendo isso, acabarei me convencendo de que algum fundamento de verdade há de haver aí. Longe disso: eu fico meio apartado, aguardando o momento de ser útil, de me redimir.)

Agora os pratos estão todos enjaulados em seu vagãozinho, as caras redondas atônitas de quando se encontram em posição vertical, as costas curvas à espera da tempestade que está para se despejar sobre eles, ali, no fundo do túnel em que vão desaparecer em exílio até que o ciclo dos aguaceiros, das trombas marinhas, das exalações de vapores se tenha esgotado. Esse é para mim o momento de entrar em ação.

Eis que já estou descendo as escadas segurando o balde pela alça em semicírculo, cuidadoso para que ele não oscile a ponto de entornar a carga. A tampa eu costumo deixar na cozinha: incômodo acessório, aquela tampa, que mal consegue se virar entre a tarefa de ocultar os resíduos e a de sair do caminho assim que algo tiver de ser jogado dentro do balde. O compromisso a que se chega consiste em mantê-la de viés, meio como uma boca se abrindo, empurrando-a entre o balde e a parede, em equilíbrio instável, motivo pelo qual acaba no chão, com um *bangue* opaco, não desagradável de ouvir, como uma vibração contida, porque o plástico não vibra.

Tenho de especificar que aqui em Paris moramos num predinho unifamiliar (só para usar uma locução nada bonita, porém compreensível, da língua corrente) ou *pavillon* (para dizê-lo no francês atemporal e ainda pródigo em conotações sugestivas). Isso para explicar o valor distinto que os gestos de meu ritual assumem em relação aos que cumpre o condômino ou o inquilino de um prédio de inúmeros apartamentos, o qual se desapossa dos resíduos de seu dia despejando-os da *poubelle* familiar na *poubelle* coletiva, que normalmente fica no pátio do imóvel e que, no horário adequado, será a zeladora a expor no passeio público, para entregá-la aos cuidados dos serviços urbanos. Aquele transborde de um recipiente para o outro, que para a maioria dos habitantes da metrópole já se configura como uma passagem do privado ao público, para mim, ao contrário, em nossa casa, na garagem onde guardamos a *poubelle* grande durante o dia, não passa do último ato do cerimonial em que se fundamenta o privado — e, enquanto tal, é cumprido por mim, *pater familias* —, para que a despedida dos despojos das coisas confirme a apropriação, cumprida e irreversível.

Mas é preciso dizer que a *poubelle* grande, por mais que seja parte incontestável dos bens de nossa propriedade, em decorrência de regular aquisição no mercado, já se apresenta em seu aspecto e cor (um cinza-esverdeado escuro, de uniforme militar) como utensílio oficial da cidade, e anuncia aquele papel que, na vida de cada um, a dimensão pública, os deveres cívicos, a constituição da *polis* desempenham. De fato, sua escolha de nossa parte não se deveu ao arbítrio do gosto estético ou à experiência do uso prático, como para os outros objetos da casa, mas foi ditada pelo respeito às leis da cidade. Sabiamente prescrevem, essas leis — como e qualmente tais *poubelles* devem se apresentar para que o seu desfralde diário ao longo das ruas da cidade não acarrete dano à vista (a uniformidade tende a passar despercebida) nem ao olfato (a tampa, se o conteúdo não transbordar, deveria calçar com sua borda dobrada a boca do cilindro, de modo a não ser projetada para fora nem pelo salto caprichoso dos gatos no cio, nem pela metódica farejadela dos cães) nem ao ouvido (substituindo a velha versão de metal, o plástico macio amortece o barulho e salva o sono dos cidadãos

■ *O CAMINHO DE SAN GIOVANNI*

quando, na luz incerta do amanhecer, os lixeiros bracejam para destampar e arrastar as latas e despejá-las em seu carro-fantasma).

Não é à toa que a denominação exata desse tipo de recipiente — assim o designam o cliente que quer comprá-lo na loja de quinquilharias e o comerciante que o vende — é *poubelle agréée*, como dizendo lixeira agradável, aprovada, bem-aceita (subentende-se: pelos regulamentos da prefeitura e pela autoridade que nesses se exterioriza e que, nas consciências de cada um, se interioriza como fundamento do contrato social e das conveniências da civilidade). É preciso lembrar nesta altura que na expressão *poubelle agréée* não só o adjetivo, mas já o substantivo, carrega o selo das paternais burocracias metropolitanas. *Poubelle*, substantivo comum, repete um substantivo próprio: foi um Monsieur Poubelle, prefeito do Sena, quem primeiro prescreveu (1884) o uso desses recipientes nas até então infectas ruas de Paris.

De modo que eu, no momento em que esvazio a lixeira pequena na grande e a transporto erguendo-a pelas duas alças para fora da entrada de nossa casa, embora ainda agindo como humilde roda do mecanismo doméstico, já estou investido de um papel social, constituo-me em primeira engrenagem de uma cadeia de operações decisivas para a convivência coletiva, ratifico minha dependência das instituições, sem as quais morreria sepultado por meus próprios resíduos em minha casca de indivíduo isolado, introvertido e (em mais de um sentido) autista. É desse ponto que devo partir para esclarecer as razões que tornam *agréée* a minha *poubelle*: apreciada em primeiro lugar por mim mesmo, ainda que ela não seja agradável; como é preciso apreciar o não-agradável, sem o qual nada do que apreciamos teria sentido.

Minha memória registra outros modos de se livrar dos resíduos: ex-morador de apartamentos em grandes prédios,

LA POUBELLE AGRÉÉE ■

conheço o cavernoso baque com o qual o conteúdo das lixeiras despenca nos canais verticais apropriados, desabando mais e mais até o fundo das criptas obscuras ao nível do pátio: procedimento que combina o ágil emprego da força de gravidade — da qual certamente tiraram vantagem primeiro os homens das palafitas — com o sistema do amontoamento em recônditas quebradas que antes ainda fora adotado pelos cavernícolas e que apresenta os notórios inconvenientes do entupimento malcheiroso quando se dá a obstrução do duto.

Remontando mais além na memória, aflora a San Remo da infância, e eis o lixeiro com o saco nas costas que vem subindo a pé as curvas fechadas da alameda até a *villa*, recolhendo os resíduos da lata de zinco: a vida senhoril parecia eternamente garantida pela disponibilidade de mão-de-obra e pelos baixos salários.

Entrementes, nos intermináveis subúrbios residenciais das civilizações individualistas e prósperas e democráticas e industriais, uma porção de homenzinhos, todos iguais, saíam de casinhas, todas iguais, guarnecidas de jardinzinho e garagem, e, uma enfileirada à outra, pousavam na calçada uma porção de lixeiras todas iguais: imagem anglo-saxônica que remonta já aos alvores da sociedade de massa, mas que em minhas lembranças se associa a minha primeira viagem aos Estados Unidos, quando ainda vivia na anarquia do solteiro flutuante e afluente e esses deveres familiares certamente estavam longe de meus pensamentos, e foi Barolini quem me falou da regra de levar o balde do *garbage* para fora todo dia como um dos primeiros fundamentos da vida doméstica, em Croton-on-Hudson. (Era um pai de família americana exemplar; americana a família, não ele, que personificara aquele papel em idade madura, e tendia a observar-se de fora enquanto o vivia.)

O CAMINHO DE SAN GIOVANNI

"O *garbagio*", repetia em seu anglo-vêneto, como se precisasse gravar direitinho na mente sua tarefa, "não posso esquecer de pôr o *garbagio* para fora." A voz do amigo morto volta a mim desde que eu também me tornei pai de família, e de uma família forasteira, não num verde subúrbio de Nova York, mas num bairro densamente habitado às portas de Paris (mas será mesmo Paris? Olho para fora de uma casinha mais londrina que parisiense e dou para um quintal apartado que é chamado *square*, talvez mais devido ao vago senso de estranhamento que inspira do que pelo verde, condensado em magras plantas de lilás ao longo das paredes), e também eu deponho a *garbage can* ou a *poubelle agréée* diante do portão.

Cristão que era, meu amigo certamente conseguira aceitar essa regra com regozijo. E eu? Gostaria de poder dizer, com Nietzsche: "Amo meu destino", mas não vou conseguir dizer isso até que eu tenha me explicado as razões que me levam a amá-lo. O transporte da *poubelle agréée* não é um ato que eu cumpra sem pensar, mas algo que requer ser pensado e que desperta em mim uma particular satisfação do pensar.

Toda palavra que se pensa oscila num campo mental em que mais línguas interferem. Para além do francês, é o verbo inglês *to agree* a invadir o campo: é para respeitar um *agreement*, um acordo concluído com mútuo assentimento das partes, que estou pousando este objeto nesta calçada, com tudo que implica o uso internacional da palavra inglesa.

Um *agreement* com quem? Certamente com a cidade, à qual pago todo ano uma *taxe d'enlèvement des ordures ménagères* e que se compromete a me livrar dessa carga a cada dia do ano — incluídos os domingos e excluídos apenas uns poucos feriados solenes — desde que eu execute o primeiro movimento, ou seja, que eu leve até esta soleira o recipiente regulamentar nos horários regulamentares. E

LA POUBELLE AGRÉÉE ■

aqui já cometo uma primeira inadimplência, na medida em que seria proibido deixar exposto no passeio público, durante a noite, o lixo que não será coletado antes do amanhecer; mas um artigo de lei tão inumano a ponto de me obrigar a despertares antelucanos, eu me sinto autorizado a interpretá-lo com certa margem de manobra, como num tácito *agreement*, precisamente, visto que moro num lugar pouco freqüentado, onde um estorvo noturno na calçada não chega a obstruir a passagem. E ainda porque a mais forte das leis não escritas, à qual o ritual de nossos gestos diários obedece, prescreve que a expulsão dos resíduos do dia coincida com o encerramento do próprio dia, e que adormeçamos depois de termos afastado de nós as possíveis fontes de maus cheiros (assim que as visitas da noite se forem, abram-se logo as janelas, enxágüem-se os copos, esvaziem-se os cinzeiros; na *poubelle*, a camada de cinzas e tocos de cigarros sela o acúmulo das escórias diurnas, assim como, nos cortes geológicos, os depósitos das glaciações separam uma era da outra), não só devido a um escrúpulo natural de higiene, mas também para que amanhã, ao acordarmos, possamos começar um novo dia sem ter mais de manusear aquilo que na véspera afastamos de nós para sempre.

O ato de levar para fora a *poubelle* deve portanto ser interpretado simultaneamente (pois assim eu o vivo) sob os aspectos de contrato e de rito (dois aspectos ulteriormente unificáveis, na medida em que todo rito é contrato, mas por enquanto não quero — contrato com quem? — ir tão longe), rito de purificação, abandono das escórias de mim mesmo, não importando se se trata exatamente daquelas escórias contidas na *poubelle* ou se aquelas escórias remetem a qualquer outra possível escória minha; o que importa é que nesse meu gesto diário eu confirme a necessidade de me separar de uma parte do que era meu, os despojos ou a crisálida ou o limão espremido do viver, para que reste só a essência, para

■ O CAMINHO DE SAN GIOVANNI

que amanhã eu possa me identificar por completo (sem resíduos) no que sou e tenho. Apenas nesse jogar fora eu posso me assegurar de que algo de mim ainda não foi jogado fora, e talvez não seja nem venha a ser para jogar fora.

A satisfação que sinto é portanto análoga à da defecação, de sentir as próprias vísceras se desimpedindo, a sensação, ao menos por um instante, de que meu corpo nada mais contém do que a mim, e não há confusão possível entre o que sou e o que é estranheza irredutível. Maldição do obstipado (e do avarento) que, temendo perder alguma coisa de si, não consegue se separar de nada, acumula dejeções e acaba identificando a si mesmo com a própria dejeção e nela se perde.

Se isso é verdade, se jogar fora é a primeira condição indispensável para ser, porque somos o que não se joga fora, o primeiro ato fisiológico e mental é o de separar a parte de mim que fica da parte que tenho de deixar cair num além sem retorno.

Eis então que o rito purificatório do *enlèvement des ordures ménagères* também pode ser visto como uma oferta aos ínferos, aos deuses do desaparecimento e da perda, o cumprimento de um voto (eis, de novo, o contrato). O conteúdo da *poubelle* representa a parte de nosso ser e ter que diariamente tem de abismar-se na escuridão para que outra parte de nosso ser e ter fique a gozar da luz do sol, para que realmente seja e a tenhamos tido. Até o dia em que mesmo o último suporte de nosso ser e ter, nossa pessoa física, se torne, por sua vez, despojo morto a ser deposto também no carro que leva ao incinerador.

Portanto, essa representação diária da descida subterrânea, esse funeral doméstico e municipal do lixo, tem por finalidade primeira a de afastar o funeral da pessoa, de adiá-lo mesmo que seja um pouco só, confirmar-me que ainda,

LA POUBELLE AGRÉÉE ■

por mais um dia, fui produtor de escórias e não escória eu próprio.

Disso deriva o estado de ânimo ao mesmo tempo soturno e eufórico que se associa ao transporte do lixo; por isso os homens que passam para emborcar as latas em seu carro triturador nos parecem não apenas emissários do mundo ctônio, necróforos das coisas, carontes de um além de papel engordurado e lata enferrujada, mas também anjos, mediadores indispensáveis entre nós e o céu das idéias, no qual imerecidamente nos libramos (ou acreditamos nos librar) e que só pode subsistir enquanto não somos vencidos pelo lixo que cada ato do viver produz incessantemente (mesmo o ato do pensar: estes meus pensamentos que vocês lêem são o que se salvou de dezenas de folhas amassadas no cesto), mensageiros de uma salvação possível para além do esfacelamento de toda produção e consumo, libertadores do peso dos detritos do tempo, anjos negros e graves da limpidez e da leveza.

Basta que por alguns dias uma greve dos lixeiros deixe os resíduos se acumularem em nossas soleiras e já a cidade se transforma num chiqueiro infecto; mais rapidamente que em qualquer previsão, ficamos sufocados por nosso fluxo incessante de lixo, a couraça tecnológica de nossas civilizações se revela um invólucro frágil, torna a abrir perspectivas medievais de decadência e pestilência.

Isso se observa especialmente na Itália, como emblema da longa crise que é nossa história. A má administração alastra-se por centenas de caminhos manifestos e ocultos em nossos municípios, mas é sempre nos escondedouros da empresa de coleta de lixo que o escândalo eclode, irrefreável. É como se algo de podre se revelasse na relação com o lixo, um vício estrutural da mente italiana, ou melhor, católico-italiana, já que é característica das cívicas administrações da Democracia Cristã o naufrágio nesse sorvedouro,

■ *O CAMINHO DE SAN GIOVANNI*

talvez por um erro religioso, de teologia moral e também de fé, uma idéia errônea sobre a parte que cabe à Providência e a parte que cabe aos homens, uma subestimação do caráter sacro das operações de coleta dos resíduos (bem como de qualquer outro serviço municipal): considerar a necessidade material não como o campo da escolha e da provação, mas como um peso que não podemos deixar de carregar desde o dia da Queda, e diante do qual toda inadimplência é apenas uma culpa venal a ser considerada com olhar indulgente, porque, de qualquer modo, no momento extremo dela seremos purificados, sem que outra justificativa nos seja solicitada senão o ato da piedade formal (e, no plano da vida cívica, o voto para o partido ou para a corrente). Deriva daí que o exército dos lixeiros (para os quais se inventou um neologismo burocrático, *netturbini*, que tem o efeito imediato de afastar qualquer idéia de serviço prático para o limbo que é pertencer a um órgão empregatício qualquer) pode se agigantar ilimitadamente nos orçamentos municipais para garantir salário a uma enxurrada de "cabos eleitorais" que nunca serão iniciados nas provas infernais e angélicas da missão para a qual foram nominalmente empossados. E que o grande instrumento purificador, a entranha essencial da cidade, o incinerador, seja visto, de modo profano, apenas como oportunidade para os costumeiros desgovernos relativos a fornecedores e licitações, sem que fiquemos apalermados com a abrangência simbólica desse incinerador, sem que vejamos a nós próprios julgados pelo ameaçador engenho, sem que nos perguntemos o quanto de nós receamos ou desejamos que se transforme em cinzas.

É preciso dizer, porém, que em Paris as greves dos *éboueurs* não são menos freqüentes (*éboueurs* é o nome oficial, ou seja, removedores de lama, memória de uma inimaginável Paris de ruas lamacentas, marcadas pelas rodas das carroças e empastadas com o esterco dos cavalos), efeito do

LA POUBELLE AGRÉÉE ■

perpétuo descontentamento de uma mão-de-obra de imigração recente e obrigada a aceitar o trabalho mais baixo e pesado sem um contrato regular. Comparando-se com a Itália, podemos dizer que as causas são opostas, mas os resultados são os mesmos: na precária economia italiana, a função de lixeiro é defendida como emprego estável, um cargo vitalício; na sólida economia francesa, a coleta de resíduos é uma ocupação precária, executada pelos que ainda não conseguiram lançar raízes na metrópole, e que só pode ser regulada pelas recíprocas ameaças de desemprego e de greve.

É próprio dos demônios e dos anjos apresentarem-se como estrangeiros, visitantes de outro mundo. Assim os *éboueurs* afloram das brumas da manhã, os traços não sobressaem do indeterminado: semblantes terrosos — os norte-africanos —, um pouco de bigode, um solidéu na cabeça; ou — os da África Negra — só o bulbo dos olhos aclarando o rosto perdido na escuridão; vozes que se sobrepõem ao zumbido abafado do caminhão, sons desarticulados para nossos ouvidos, sons portadores de alívio ao se infiltrarem no sono da manhã, transmitindo a segurança de que se pode continuar a dormir mais um pouco pois outros estão trabalhando por você. A pirâmide social continua revolvendo suas estratificações étnicas: em Paris o trabalhador italiano já se transformou em pequeno empreendedor, o espanhol em operário qualificado, o iugoslavo em pedreiro, a mão-de-obra mais tosca é portuguesa, e, quando chegamos aos que removem a terra com a pá ou varrem as ruas, sempre é a mal descolonizada África a erguer seus olhos tristes da calçada da metrópole, sem cruzá-los com nossos olhares, como se uma distância irrecuperável ainda nos separasse. E você, no sono, sente que o caminhão não tritura apenas lixo, mas vidas humanas e papéis sociais e privilégios, e não pára enquanto não tiver cumprido todo o seu percurso.

89

O CAMINHO DE SAN GIOVANNI

Uma relação direta com os lixeiros, só a temos na época do Natal, quando vêm trazer o cartãozinho-calendário em que está escrito *Messieurs les Éboueurs du 14ème Vous Souhaitent une Bonne et Heureuse Année* e cobrar a caixinha. Pelo resto do ano, a comunicação entre nós e eles é o conteúdo da *poubelle*, cada vez mais rico de informações se quisermos lê-lo, dia após dia: as garrafas vazias depois das noites de festa, o papel dos embrulhos das lojas depois das compras, as páginas repletas de borrões nas quais um escritor se enfureceu para levar a cabo um texto em prosa sobre as *poubelles*. Carregando o caminhão, o imigrante em seu primeiro trabalho visita a metrópole através de seu avesso: avalia a riqueza ou a pobreza dos bairros pela qualidade de seus resíduos, sonha, através deles, o destino de consumidor que o aguarda.

Eis o nó econômico disto que, até agora, eu quis entender juridicamente como contrato e simbolicamente como rito: minha relação com a *poubelle* é a de alguém para o qual o ato de jogar fora vem completar ou confirmar a apropriação; a contemplação do volume das cascas, dos tegumentos, das embalagens, dos recipientes de plástico relata a satisfação do consumo dos conteúdos, ao passo que, ao contrário, o homem que descarrega a *poubelle* na cratera rodopiante do caminhão extrai dali a noção da quantidade de bens dos quais é excluído, que só lhe chegam como restos inutilizáveis.

Mas talvez (eis que a conversa entrevê um fecho otimista e logo se deixa tentar), talvez essa exclusão seja só temporária: ter sido contratado como lixeiro é o primeiro degrau de uma ascensão social que fará até do pária de hoje um membro da massa consumidora e, por sua vez, produtora de resíduos, enquanto outros, recém-saídos dos desertos "em desenvolvimento", tomarão seu lugar no carregamento e descarregamento das latas. Assim, a *poubelle* seria *agréée* também para ele, o magrebino ou o negro que a ergue até a

LA POUBELLE AGRÉÉE ■

boca da moenda malcheirosa na bruma da manhã, e essa moenda não seria só a última etapa do processo industrial de produção e destruição, mas marcaria ainda o ponto de onde se recomeça desde o início, o ingresso para um sistema que deglute os homens e os refaz à própria imagem e semelhança.

Deste ponto em diante abrem-se à conversa dois caminhos divergentes: uma história de integração satisfeita do pária que parte para a conquista de Paris desde a margem extrema dos lixões, ou ainda uma história de revolução e inversão desse mecanismo, ao menos na consciência, um propagar-se das vibrações do caminhão parado debaixo de minhas janelas, até fazer tremer os alicerces lançados há séculos pela civilização do Ocidente. Mas tanto uma quanto outra perspectiva (tanto uma quanto outra ilusão) tornam a se juntar nessa *poubelle*, que agrada a nós, mas muito mais ao anônimo processo econômico, que multiplica os produtos novos recém-saídos da fábrica e os restos já desgastados a jogar fora, e que nos permite, a mim e ao lixeiro, deitar mão apenas nesse recipiente a ser enchido e esvaziado. No rito do jogar fora gostaríamos, eu e o lixeiro, de reencontrar a promessa do cumprimento do ciclo, própria do processo agrícola, em que — conta-se — nada se perdia: o que estava sepultado na terra tornava a brotar. (Eis que a conversa toma o caminho da evocação arcaica e ninguém mais vai conseguir detê-la.) Tudo se desenrolava no mais simples e regular dos modos: depois de sua temporada subterrânea, a semente, o adubo, o sangue dos sacrifícios voltavam à luz com a nova colheita. Agora a indústria multiplica os bens mais que a agricultura, mas o faz mediante os lucros e os investimentos: o reino plutônico a ser atravessado para que se dêem as metamorfoses é a caverna do dinheiro, o capital, a Cidade de Dite inacessível a mim e ao lixeiro (particular ou estatal que seja ou venha a ser; nesse aspecto já sabemos que

91

■ *O CAMINHO DE SAN GIOVANNI*

pouco muda), regida por um Supremo Conselho Administrativo, já não plutônico mas hiperuraniano, que manipula a abstração dos números de uma altura enormemente distante do grudento e fermentante caldeirão terrestre, ao qual eu e o lixeiro confiamos nossas oferendas sacrificais de latas vazias, nossas searas de papel amassado, nossa participação no árduo desfazer-se dos materiais sintéticos. Inutilmente entornamos, eu e o lixeiro, nossa obscura cornucópia, a reciclagem das sobras pode ser apenas uma prática acessória, que não modifica a essência do processo. O prazer de tornar a fazer nascerem as coisas perecíveis (as mercadorias) permanece sendo privilégio do deus Capital, que monetiza a alma das coisas e no melhor dos casos só deixa para nosso uso e consumo os restos mortais.

Mas como posso eu inferir o que pensa e vê o homem que veio da África esvaziar minha *poubelle*? É sempre e somente de mim mesmo que falo, é com minhas categorias mentais que procuro compreender o mecanismo do qual faço (fazemos) parte, ainda que ambos tenhamos um ponto de partida em comum: o distanciamento e a recusa de uma condição agrícola primitiva que entrou em crise. Quando a abundância das colheitas falha e a carestia assola os campos, o homem agricultor — dizem os etnólogos — é apanhado pela angústia e pelo remorso e busca um modo de expiar as próprias culpas. Não sei se isso vale para o *éboueur* (talvez para o *fellah* a memória de outros tempos que não sejam de carestia não exista; quem possui o Islã talvez seja imune a complexos de culpa); certamente para mim vale: o remorso que carrego comigo desde a juventude ainda é o do filho do dono das terras que, transgredindo a vontade do pai, abandonou a propriedade agrícola em mãos estranhas, recusando a mitologia luxuriante e a ética severa em que fora educado — aquela abundância e variedade de frutos que só a presença constante do proprietário-cultivador nas lavouras

LA POUBELLE AGRÉÉE ■

consegue arrancar da terra, aliada a uma obstinação exclusiva e à iniciativa e eficiência na experimentação de novas técnicas e culturas.

É nessa cozinha, no coração da metrópole para a qual minha longa fuga me trouxe, que ainda se representa para mim o velho drama. Toda família é empresa, ou seja, *hacienda*, lugar do fazer, lugar da sobrevivência física e cultural mediante uma prática de trabalho que se executa conjuntamente, em que se cumpre um ciclo, reduzido, de produção e consumo de alimentos. E são as normas de meu comportamento dentro dessa *hacienda* elementar o que agora estou tentando estabelecer, fixar num contrato ou *agreement*; é para que eu seja privadamente *agréé* que estou manobrando a lixeira publicamente *agréée*, *agréé* eu no contexto caseiro, na tácita distribuição dos papéis domésticos, na orquestração da suíte diária da subsistência familiar.

Aqui está, esperem, vou esvaziar a *poubelle*. A *poubelle* é o instrumento para eu me inserir numa harmonia, para me tornar harmônico com o mundo e tornar o mundo harmônico comigo. (O contrato, portanto, só diz respeito a mim, é um acordo mútuo de mim comigo próprio, com minha lei interior ou imperativo kantiano ou superego.) Essa harmonia é impossível. A longa Crise da Família Burguesa, após meio século ou mais de lento decurso, precipita-se numa fase convulsiva com o Desaparecimento das Últimas Empregadas, extremo esteio da instituição. Parece que a divisão do trabalho entre iguais (como entre o caçador de ursos e sua esposa cozinhadora de ursos na caverna primordial) era inextricavelmente (talvez desde as origens) ligada à divisão de trabalho entre os não-iguais (patrões e criados); tanto assim que, ao questionarmos a segunda, a primeira também se revela impraticável. O discurso que, explícito ou silencioso, o Coro das Mulheres Ocidentais dirige ao Coro dos Homens neste crepúsculo de milênio soa assim: "Posso cozi-

93

■ *O CAMINHO DE SAN GIOVANNI*

nhar uma vez para festejar, uma vez para me expressar, uma vez para legar um saber, uma vez por necessidade, uma vez por amor, mas não vou ficar cozinhando trezentos e sessenta e cinco dias por ano porque está decidido que meu papel é o de ficar cozinhando e o seu de sentar à mesa". Algo essencial mudou na consciência coletiva, mas, como, ao contrário, nos costumes práticos quase nada mudou, o resultado é uma nuvem de mau humor persistente. O homem, qualquer que seja a contribuição que dá para o orçamento familiar, se não contribuir para o trabalho doméstico é visto como um parasita. Talvez chegaremos a um novo *modus vivendi*, a uma redistribuição dos papéis; ou talvez nenhum sistema de compensação seja mais possível, nem na família, nem em qualquer outro lugar. Talvez amanhã, nem no restaurante o freguês poderá se safar pagando a conta: terá de ajudar a descascar as batatas antes e lavar os pratos depois.

A cozinha, que deveria ser e é o lugar mais alegre da casa (pró-memória: quando estiver passando a limpo esta página, não posso esquecer de inserir aqui uma descrição atraente: os reluzentes armários suspensos, o zumbido dos aparelhos elétricos, o cheiro de limão do detergente para louça), agora é vista pela mulher como o lugar da opressão, pelo homem como o lugar do remorso. A solução mais simples seria a intercambialidade dos papéis: marido e mulher cozinhando juntos, ou em rodízio, ou um cônjuge cozinhando enquanto o outro faz a limpeza e vice-versa. Mas o fato é que essa solução sofre o empecilho do preconceito (e aqui deixo o tratamento universal para retornar à exposição daquele caso particular que é minha experiência de vida cotidiana) segundo o qual se acredita que eu seja tão incapaz de lidar com forno e fogão que, tão logo me disponho a fazer alguma coisa, me afastam de imediato por considerarem errado ou desajeitado ou inútil ou mesmo perigoso o

LA POUBELLE AGRÉÉE ∎

que faço. Como todos os preconceitos, também esse é facilmente transmissível: já minha filha, que ainda é uma criança, se ficamos sós eu e ela na cozinha, dá um jeito de criticar todo gesto meu e prefere se virar sozinha (e depois fornecer à mãe dela relatórios detalhados sobre minhas inadimplências). Tamanha falta de confiança em meus dotes, assim como sempre me desanimou do aprendizado, também me desautoriza do papel de educador; eis então que o saber acumulado pelas gerações mal me chega e já me transpõe, excluindo-me.

Tudo que eu disse nada seria se eu não sentisse que essa minha deficiência é considerada uma culpa, ligada a outros modos de ser meus, igualmente culpados. Se não sou bom na cozinha, é porque não sou digno dela (esse é o sentido da polêmica contra mim, cujo peso sinto nos ombros), assim como o alquimista indigno não poderá conseguir o ouro, nem o cavaleiro indigno vencer o torneio. Até minhas tentativas de me mexer são vistas com maus olhos: não são prova de boa vontade, mas hipocrisia, cortina de fumaça, exibição histriônica. De nada valem as Obras para minha salvação, mas somente Graça que não me foi, nem será, concedida. Se consigo fazer uma omelete, não é o início de um progresso, de um crescimento interior: ela jamais será a Verdadeira Omelete, mas a mistificação de um falsário, o truque de um charlatão. A cozinha é o juízo de Deus, prova em que falhei de uma vez por todas, desmerecendo a iniciação. Só me resta buscar outros caminhos para justificar minha presença no mundo.

Sem falsa modéstia, posso dizer que o campo de ação que mais condiz com meu engenho é o dos transportes. Ir de um lugar a outro transportando um objeto, seja ele pesado ou leve, por distâncias longas ou breves: quando me encontro nessa situação me sinto em paz comigo mesmo, como quem consegue dar a seus atos uma utilidade ou ao

■ *O CAMINHO DE SAN GIOVANNI*

menos um fim, e pelo tempo que dura o percurso sinto uma rara sensação de liberdade interior, a mente divaga, os pensamentos se libram no vôo. Vou de bom grado, por exemplo, "fazer uns servicinhos": comprar pão, manteiga, alface, jornal, selos. Digo "fazer uns servicinhos" para estabelecer uma continuidade entre essas minhas tarefas de chefe de família e as que me eram confiadas quando garoto; poderia dizer "fazer compras", mas isso implica iniciativas, escolhas, riscos: avaliar e comparar preços cada vez mais cruéis, discutir com o açougueiro o corte da carne, captar as sugestões das mercadorias expostas — as saladas, as primícias exóticas, os queijos. Sem dúvida "fazer compras" é o que eu mais adoraria, teoricamente; na prática, não posso ter a pretensão de rivalizar com os que se movem nas lojas com tão maior naturalidade, rapidez de olhar, experiência e fantasia, senso prático e habilidade pessoal. Portanto, é mais sábio eu limitar minhas relações com os mercados às investidas de emergência para tapar buracos: papelzinho na mão com as coisas a pedir (*"un grand pot de crème fraîche"*) e o peso (*"une livre de tomates"*), às vezes até o preço, como quando, garoto, me mandavam "fazer uns servicinhos".

Em Paris a sacola das compras pende sobretudo dos braços dos homens, ou ao menos assim parece ao italiano que em seu país está acostumado a ver mercados e feiras freqüentados essencialmente por mulheres, e que aqui torna a compreender como o ato de carregar comida vem a ser a primeira tarefa do governo da casa. Eis que meu passado agrícola reaflora do contexto metropolitano e me traz de volta a imagem de meu pai carregado de cestos, orgulhoso por ser ele a transportar os produtos de nossas terras para casa, como sinal de seu sentir-se "dono", antes de mais nada no sentido de "dono de si", de independência auto-suficiente à la Robinson Crusoe, independência também com relação aos braços assalariados, aos quais só se devia recorrer na-

96

LA POUBELLE AGRÉÉE ∎

queles casos em que os braços não bastavam — nem os seus, nem aqueles, sempre relutantes, de seus filhos.

Seria afinal a trilha de mulas de minha renegada vocação de proprietário o que repercorro com a memória neste trecho de calçada do 14ème Arrondissement, entre a mercearia e a padaria e a quitanda? Não, é outro itinerário de minha adolescência: o que levava da *villa* à cidade, quando ser enviado para "fazer uns servicinhos" era um pretexto para sair de casa, e às vezes eu fingia um esquecimento para poder sair pela segunda vez. Ou, mais freqüentemente, nem sequer precisava fingir, de tão cabeça-de-vento que eu era e pouco interessado que estava no verdadeiro objetivo de minha corrida, e o que tinha de comprar e o peso e o preço, tinham de repeti-lo inúmeras vezes para que me entrasse na cabeça, e o dinheiro, tinham de me dar contadinho.

Um Mercúrio de vôo breve era quem guiava meus passos e ainda os guia, reflexo parcial do deus que medeia e liga a profusão do mundo e que, infelizmente, só em raros momentos premia minha devoção iluminando-me com sua luz plena e prateada. Ou então, quando estou descendo em direção aos deuses inferiores, em direção aos tenebrosos recessos onde são jogados os restos da vida, aí é o Mercúrio psicopompo que me acompanha, conduzindo a carga dos pesos mortos até a beira do Aqueronte municipal.

Volto à cozinha com a lixeira pequena vazia, substituo o jornal que a forrava internamente por outro jornal. Essa tarefa me é particularmente congenial, porque fico feliz por dar uma utilidade complementar aos jornais, por lhes permitir um suplemento de vida após o rápido curso de sua obsolescência. Objeto de um amor insatisfeito ou apenas de uma fixação neurótica, compro o jornal com regularidade, rapidamente o folheio e guardo, mas sinto me desfazer logo dele, sempre fico na esperança de que torne a ser útil em algum outro momento, de que lhe reste algo a me dizer. O

■ *O CAMINHO DE SAN GIOVANNI*

momento da ressurreição chega precisamente quando, da pilha dos jornais velhos puxo uma folha para forrar a *poubelle*, e os títulos, que afloram distorcidos, impõem-se na côncava perspectiva para uma segunda e instantânea leitura, enquanto vou adaptando a superfície quadrangulada para forrar o melhor possível o interior do cilindro, e dobro-lhe as pontas ao redor da borda. Para a lata pequena o formato *Le Monde* é o ideal, ao passo que os diários italianos, mais espaçosos, acabam, em regra, revestindo a *poubelle* grande. Se bem-feito, o revestimento de jornais continua aderindo ao recipiente após o esvaziamento por obra dos *éboueurs*, e amanhã, quando irei recuperar minha *poubelle* vazia, esse enorme escudo de escrita na língua de Dante fará com que eu a distinga entre as irmãs abandonadas na mesma calçada.

Desde que comecei a escrever este texto que de vez em quando retomo e deixo, passaram-se três ou quatro anos e muitas coisas mudaram até no governo das *poubelles*. O revestimento de jornal já é lembrança do passado: uso eu também os sacos plásticos que transformaram a imagem do lixo da cidade, agora oculto em invólucros lisos e brilhantes, progresso que nenhum nostálgico do passado ou inimigo do plástico, espero, vá querer negar, ainda que o lixo continue sendo reconhecível como tal, embora assim acondicionado, e as pilhas nas calçadas nos dias de *grève des éboueurs* não sejam menos infectas. (Aliás, diria que agora o mais límpido dos sacos plásticos remete à idéia de lixo seja lá qual for seu conteúdo, visto que a imagem mais forte sempre é a que se impõe em detrimento da mais anódina.)

Outra reforma fundamental: o ralo da pia de nossa cozinha foi dotado de um *broyeur* ou triturador, que permite dissolver grande quantidade de resíduos de alimentos (exceto, coisa estranha, as folhas de alcachofra, cujas fibras ficam nos dentes da máquina e a entopem), de modo que nosso lixo também mudou, na medida em que contém menos detritos orgânicos.

Depois substituímos a lixeira da cozinha, a verde, por uma nova, de plástico branco, cuja tampa levanta e abaixa por meio de um pedal e que contém um balde removível. De modo que o que eu levo para baixo é somente esse balde, para despejar seu conteúdo no recipiente grande; aliás, nem sequer o balde, é o saco — também de plástico — que retiro do balde quando está cheio, substituindo-o por um novo. (Há uma arte para fazer aderir o saco à borda do balde, segurando-o de tal jeito que ele gruda em toda a volta e não desliza para baixo, mas em seguida é preciso fazer sair o ar que ficou no meio e que levanta o fundo, inflando-o como uma vela.)

Quando esse saco de lixo já está cheio também, eu o amarro com a tirinha apropriada, que fica grudada embaixo; dispositivo genial essa tirinha, benemérita como toda invenção mínima que simplifica as dificuldades da vida. (Há uma arte para se amarrar o saco demasiado cheio, segurando-o suspenso, porque é preciso puxá-lo para fora do balde para destacar a tirinha e, uma vez fora do balde, nunca sabemos onde apoiá-lo ou como evitar que o lixo transborde para o chão.) Eis que o levo embora enfeitado de laçarote feito presente natalino e o deponho na *poubelle* grande, que por sua vez tem por forro um grande saco de plástico cinza.

Certamente não serão esses os últimos desdobramentos da longa série de transformações que nossos hábitos sofreram e sofrerão ao se adaptar aos tempos, supondo que nossos dias ainda vão durar. A reforma que se anuncia como mais necessária e urgente será a da separação do lixo conforme suas qualidades e os diversos destinos, incineração ou reciclagem, para que ao menos parte do que arrancamos dos tesouros do mundo não se perca para sempre, mas reen-

■ *O CAMINHO DE SAN GIOVANNI*

contre os caminhos da recuperação e do reaproveitamento; o eterno retorno do efêmero.

Entre os materiais que podem se esgotar e cuja salvação me diz respeito diretamente está o papel, tenro filho das florestas, espaço vital do homem lente e escrevente. Compreendo agora que deveria ter começado meu relato distinguindo e comparando os dois gêneros de lixo doméstico, produtos da cozinha e da escrita, a lata de lixo e o cesto de papéis. E também distinguindo e comparando o diferente destino daquilo que cozinha e escrita não jogam fora: a obra; a da cozinha, comida, assimilada em nossa pessoa, e a da escrita, que, uma vez terminada, já não faz parte de mim e que ainda não podemos saber se vai se tornar alimento de uma leitura alheia, de um metabolismo mental, quais transformações sofrerá passando através de outros pensamentos, quanto transmitirá de suas calorias, e se tornará a colocá-las em circulação, e como. Escrever é desapossar-se em grau não inferior a jogar fora, é afastar de mim um montão de folhas amassadas e uma pilha de folhas escritas até o fim, umas e outras já não minhas, depostas, expulsas.

Só me resta e me pertence uma folha constelada de notas esparsas, na qual durante os últimos anos fui anotando sob o título "*La poubelle agréée*" as idéias que iam aflorando à minha mente e que me propunha desenvolver redigindo por extenso: *tema da purificação das escórias/ o jogar fora é complementar da apropriação/ inferno de um mundo em que nada fosse jogado fora/ somos o que não jogamos fora/ identificação de nós mesmos/ lixo como autobiografia/ satisfação do consumo/ defecação/ tema da materialidade, do refazer, mundo agrícola/ a cozinha e a escrita/ autobiografia como lixo/ transmitir para conservar.* E mais notas ainda, das quais agora não consigo reconstituir o fio, o raciocínio que as ligava: *tema da memória/ expulsão da memória/ memória perdida/ guardar e perder o que está perdido/*

100

LA POUBELLE AGRÉÉE ∎

o que não se teve/ o que se teve demasiado tarde/ o que carregamos conosco/ o que não nos pertence/ viver sem carregar nada junto (animal): carregamos conosco talvez mais/ viver para a obra; nos perdemos; há a obra imprestável, não há mais eu.

Paris 1974-76

DO OPACO

Se naquela época tivessem me perguntado que forma tem o mundo, teria dito que está em declive, com desníveis irregulares, com saliências e reentrâncias, motivo pelo qual, de algum modo, sempre dou por mim como numa sacada, debruçado sobre uma balaustrada, e vejo aquilo que o mundo contém se dispondo à direita e à esquerda a diferentes distâncias, em outras sacadas ou palcos de teatro sobrestantes ou subjacentes, de um teatro cujo proscênio se abre sobre o vazio, na tira de mar alta contra o céu cruzado por ventos e nuvens

e assim, mesmo agora, se me perguntam que forma tem o mundo, se perguntam ao mim mesmo que mora no interior de mim e guarda a primeira impressão das coisas, tenho de responder que o mundo está disposto sobre uma porção de sacadas que irregularmente se debruçam sobre uma única grande sacada que se abre no vazio do ar, no parapeito que é a breve tira de mar contra o imenso céu, e naquele peitoril ainda se debruça o verdadeiro mim mesmo no interior de mim, no interior do suposto morador de formas do mundo mais complexas ou mais simples, mas derivadas, todas elas, dessa forma, bem mais complexas e ao mesmo

■ *O CAMINHO DE SAN GIOVANNI*

tempo muito mais simples, na medida em que todas estão contidas naqueles desaprumos e declives iniciais ou deles podem ser deduzidas, daquele mundo de linhas quebradas e oblíquas entre as quais o horizonte é a única reta contínua

Começarei então dizendo que o mundo é composto por linhas quebradas e oblíquas, com segmentos que, salientes, tendem a avançar para além dos cantos de cada degrau, como fazem as agaves que crescem amiúde nas bordas, e com linhas verticais ascendentes como as palmeiras que sombreiam os jardins ou terraços sobranceiros àqueles em que têm suas raízes,

e me refiro às palmeiras dos tempos em que, habitual-mente, altas eram as palmeiras e baixas as casas, as casas que também cortam verticalmente a linha dos desníveis e que se apóiam meio no degrau de baixo e meio no de cima, com dois térreos, um embaixo e um em cima, e assim, mesmo agora que habitualmente as casas são mais altas que qual-quer palmeira e traçam linhas verticais ascendentes mais longas no meio das linhas quebradas e oblíquas ao nível do solo, resta o fato de que elas têm dois ou mais térreos e de que, por mais que se elevem, sempre há um nível do solo mais alto que os telhados,

de modo que, na forma do mundo que estou descreven-do agora, as casas se apresentam como para aquele que olha os telhados de cima, a cidade é uma tartaruga, lá no fundo, de casco quadriculado e em relevo, e não porque a vista das casas desde baixo não me seja familiar, aliás sempre posso fechar os olhos e sentir atrás de mim casas altas e oblíquas quase sem espessura, mas então uma casa é o que basta para esconder as outras casas possíveis, a cidade mais acima de mim eu não a vejo e não sei se existe, toda casa acima de mim

DO OPACO ■

é uma tábua vertical pintada de cor-de-rosa e apoiada na inclinação, todas as espessuras achatam-se numa direção, mas isso não significa que se alarguem na outra, as propriedades do espaço variam conforme as direções em que eu olho relativamente a minha orientação

É claro que para descrever a forma do mundo a primeira coisa a fazer é estabelecer em que posição me encontro, não estou dizendo o lugar, mas o modo em que estou orientado, porque o mundo de que estou falando tem isso de diferente de outros mundos possíveis, que a gente sempre sabe onde estão nascente e poente a qualquer hora do dia ou da noite, e então começo dizendo que é em direção ao sul que eu estou olhando, o que equivale a dizer que estou com o rosto voltado na direção do mar, o que equivale a dizer que estou de costas para a montanha, porque essa é a posição em que eu em geral surpreendo o mim mesmo que fica ali quieto no interior de mim mesmo, inclusive quando o mim mesmo do exterior está orientado de modo totalmente diferente ou não está nada orientado, como não raro acontece, na medida em que toda orientação para mim começa daquela orientação inicial, que sempre implica ter à esquerda o nascente e à direita o poente, e só posso me situar em relação ao espaço a partir dali, e verificar as propriedades do espaço e de suas dimensões

Se portanto tivessem me perguntado quantas dimensões tem o espaço, se perguntassem àquele mim mesmo que continua sem saber as coisas que se aprendem para ter um código de convenções em comum com os outros, e a primeira delas é a convenção segundo a qual cada um de nós está no cruzamento de três dimensões infinitas, espetado por uma dimensão que lhe entra pelo peito e sai pelas costas, por outra que o transpassa de um ombro ao outro, e por uma terceira que lhe perfura o crânio e sai pelos pés, idéia que a

■ *O CAMINHO DE SAN GIOVANNI*

gente aceita após inúmeras resistências e repulsas, mas que, afinal, fingirá que sempre soube disso porque todos os demais fingem que sempre souberam, se eu tivesse de responder baseando-me naquilo que de fato havia aprendido olhando a meu redor, a respeito das três dimensões que, ao ficarmos no meio delas, se tornam seis, adiante atrás acima abaixo direita esquerda, observando-as, como dizia, com o rosto voltado para o mar e para a montanha as costas,

a primeira coisa a dizer é que a dimensão do adiante de mim não subsiste, na medida em que lá embaixo começa imediatamente o vazio que depois se torna mar que depois se torna horizonte que depois se torna céu, motivo pelo qual até poderíamos dizer que a dimensão do adiante de mim coincide com aquela do acima de mim, com a dimensão que sai do centro do crânio de todos vocês, quando ficam eretos, e que se perde de imediato no zênite vazio,

depois eu passaria à dimensão do atrás de mim, que nunca vai muito para trás, porque encontra um muro um rochedo um declive alcantilado ou brenhoso, quero dizer, estando ainda de costas para a montanha, isto é, para o norte, portanto mesmo dessa dimensão aí eu poderia dizer que tampouco subsiste, ou que se confunde com a dimensão subterrânea do abaixo, com a linha que deveria sair da sola dos pés de vocês e, ao contrário, não sai de jeito nenhum, porque entre a sola de seus sapatos e o soalho não tem espaço concreto para sair,

e depois tem a dimensão que se prolonga à esquerda e à direita e que para mim corresponde mais ou menos ao nascente e ao poente, e essa sim essa pode continuar dos dois lados porque o mundo continua com seu contorno recortado, de modo que a cada nível podemos traçar uma linha horizontal imaginária cortando o declive oblíquo do mundo, como as que são traçadas nas plantas de altimetria e têm um nome belíssimo, isoípsas

ou como os desvios de água que canalizam em valetas horizontais o magro defluir das torrentes para irrigar, numa ou noutra vertente, as faixas de terreno cultivável que se obtêm escorando o declive com muros de pedra

mas mesmo prosseguindo ao longo dessa dimensão, isso não significa que chegaremos muito longe, porque mais cedo ou mais tarde quer para o nascente quer para o poente chega-se ao divisor de águas formado por um cabo, e então ou consideramos que a linha se perde no ar do céu se confundindo com a primeira dimensão de que falamos,

ou a fazemos continuar do outro lado de boa isoípsa que é, acompanhando a série de enseadas e golfos e vales internos a essas enseadas e golfos, até encontrar promontórios que adentram o mar mais adiante do que outros promontórios, delimitando golfos mais vastos que compreendem os golfos mais internos, e assim por diante até estabelecer que esse sistema de golfos internos a outros golfos, dourados pela manhã e azulados à noite em direção ao poente, esverdeados pela manhã e cinzentos à noite em direção ao nascente, continua desse modo toda a extensão de mares e terras, tendendo a englobar o mar todo num único golfo,

motivo pelo qual dá na mesma considerar como forma do mundo a do golfo que tenho diante dos olhos, delimitada pelo cabo que fica a meu nascente e por aquele que fica a meu poente, e, se não por um cabo, por aquele algo que detém minha vista de um lado e de outro, dorso de colina, tronco de oliveira, superfície cilíndrica de reservatório de

■ *O CAMINHO DE SAN GIOVANNI*

cimento, cerca de giestas, araucária, guarda-sol, ou sejam lá quais forem os dois bastidores a delimitar o palco em cujo centro eu me encontro, dando as costas para um alto pano de fundo e de frente para a ribalta do horizonte luminoso

Tornei a usar metáforas que se referem ao teatro, se bem que em meus pensamentos de então o teatro com seus veludos não pudesse ser associado àquele mundo de ervas e de ventos, e se bem que, mesmo agora, o que a palavra "teatro" pode fazer aflorar à mente, isto é, um interior que pretende conter em si o mundo exterior, a praça a festa o jardim o bosque o cais a guerra, seja exatamente o oposto do que estou descrevendo, isto é, um exterior que exclui de si qualquer espécie de interior,

um mundo todo ao ar livre que dá a sensação de estarmos fechados estando ao ar livre, na medida em que o pedaço de terra de um se debruça sobre o pedaço de terra do outro, separados não por muros divisórios, mas por muros de arrimo, e cada um de nós está no seu, mas olhando para os outros, cada qual no seu, e ninguém nunca sai do seu, mas sempre está debaixo dos olhos dos outros,

um espaço que é externo mesmo quando está dentro de um interior, galinheiros coelheiras transparecem por trás das redes metálicas, quiosques pérgolas alpendres caramanchões, cada tanque de água espelhando o que está acima do tanque de água, escadas externas ligando mirantes em cujos parapeitos o manjericão cresce em caçarolas cheias de terra, um lugarejo é uma caçarola toda arcadas e janelas, a janela enquadra a cômoda com espelho por onde passa uma nuvem

110

DO OPACO ■

Seria preciso dizer também, para dissipar qualquer equívoco a que a palavra "teatro" possa induzir, que o teatro é feito de modo tal que o máximo número de olhos tenha um campo visual livre ao máximo, isto é, de modo que todo olhar possível seja contido e conduzido como no interior de um único olho que olha a si próprio, que se vê espelhado na íris da própria pupila,

enquanto eu falo de um mundo em que tudo se vê e não se vê ao mesmo tempo, na medida em que tudo desponta e esconde e sobressai e tapa, as palmeiras se abrem e se fecham como um leque nos arvoredos das embarcações de pesca, ergue-se o jato de uma mangueira e rega um campo de invisíveis anêmonas, meio ônibus vira na meia curva da estrada carroçável, desaparecendo entre as espadas da agave,

meu olhar se estilhaça entre vários planos e distâncias, desliza sobre uma faixa oblíqua de esteiras e vitrinas de estufas, toca um campo todo eriçado de sisais e varetas na encosta em frente, torna a se encurtar no primeiro plano de uma folha de nespereira que pende de um galho aqui no meio, passa da nuvem de uma oliveira cinzenta para uma nuvem branca navegando no céu, depois há, debaixo de meus olhos, enorme e verde de enxofre, um tomateiro dentro de uma torrezinha de bambu, depois um telhadinho colonial para além da torrente, do qual se origina uma fileira de caquizeiros com seus frutos de um vermelho amarelento, que posso contar nos galhos mesmo dessa distância,

e seria preciso especificar igualmente o que é um teatro em relação aos sons, como lugar da máxima capacidade de audição, grande ouvido que encerra em si próprio todas as

111

■ *O CAMINHO DE SAN GIOVANNI*

vibrações e as notas, ouvido que ouve a si mesmo, ouvido e ao mesmo tempo concha pousada no ouvido,

ao passo que eu, ao contrário, falo de um mundo em que os sons se partem, subindo e descendo pelas quebradas do terreno e contornando quinas e obstáculos, e se abrandam e se propagam independentemente da distância, o diálogo de duas mulheres encontrando-se no meio de um caminho de degraus se perde logo acima dos cestos que carregam na cabeça, mas na colina em frente chegam os uuuh! os gaaa! os ai-de-mim! atravessando o ar como contas de um colar deslizando fio abaixo, o espaço é formado por pontos visíveis e pontos sonoros que se misturam a toda hora e nunca conseguem coincidir direito,

e é somente à noite que os sons encontram seus lugares na escuridão, medem suas distâncias, o silêncio que carregam ao redor de si descreve o espaço, a lousa da escuridão está marcada por pontos e tracejados sonoros, o ladrido tamborilado de um cão, o desmoronamento esbatido de uma velha folha de palmeira, a linha descontínua do trem meio apagada meio realçada nas entradas e nas saídas dos túneis, e tão logo não ouvimos mais o trem, o mar emerge feito sombra branca vai emergindo no ponto em que o trem desapareceu, deixa-se ouvir por meio minuto e depois não mais,

e já os galos distantes e os galos próximos apressam-se a traçar a perspectiva capaz de enquadrar todos os sinais sonoros na escuridão, antes que a esponja do alvorecer borre a lousa de uma ponta à outra, e à luz do dia já não há um único som que chegue sabendo de que lado vem, o chiado da máquina para o sulfato se enreda no ronco da motocicleta, o ziziar da serraria elétrica envolve o carrilhão do carrossel, para quem observa parado, o mundo se esfolia descon-

DO OPACO ■

tínuo diante da vista e dos ouvidos no desmoronamento do espaço e do tempo

Para quem observa parado, o único elemento contínuo é o arco que o sol percorre subindo e descendo da esquerda para a direita, o sol do qual sempre podemos dizer onde está, ainda que não haja sol, e de toda coisa da qual não podemos estabelecer a distância ou a forma sempre podemos saber como a sombra a seus pés se desloca se reduz se alarga, de toda cor da qual não podemos dizer a cor sempre podemos ainda assim prever como muda de cor conforme a inclinação dos raios,

o sol, no fundo, nada mais é que a relação do mundo com o sol, que não muda se consideramos o arco côncavo percorrido pelo sol como um arco convexo, é a relação de uma fonte de raios, pouco importa se móvel ou fixa, com um corpo ou um conjunto de corpos, pouco importa se fixo ou móvel, que recebe os raios, isto é, o sol consiste nas propriedades dos raios recebidos pelo mundo, que supomos provenientes de uma fonte chamada sol, a qual, se você a fitar, o cega, e lhe basta um farrapo de nuvem para se ocultar, basta-lhe alguma camada intermediária de atmosfera mais densa ou de vapor áqüeo para que empalideça e se embace até desaparecer, ou mesmo apenas um tanto de bruma subindo do mar, em todo caso, portanto, não é a existência hipotética dessa fonte o que conta, mas sim como seus raios recaem nas superfícies do mundo, diretamente, variando intensidade inclinação freqüência, ou indiretamente, segundo ângulos de reflexão variáveis, e conforme são refletidos pelo espelho ofuscante do mar ou da costa de terra cendrada e de pedras, como quando, nos golfos, a borda do poente é abandonada pela luz do sol que já se foi e alcançada pela reverberação de um nascente ainda ensolarado

O CAMINHO DE SAN GIOVANNI

ou, em lugar de considerar a fonte dos raios ou os raios em si ou as superfícies que os recebem, podemos considerar as manchas de sombra, isto é, os lugares que os raios não alcançam, como a sombra vai adquirindo nitidez na mesma proporção em que o sol vai tomando força, como a sombra matutina de uma figueira, de tênue e incerta que era, vai se tornando, conforme a subida do sol, um desenho em preto da figueira folha por folha, que se alarga em verde ao pé da figueira, aquela concentrarção do preto para significar o verde brilhante que a figueira contém, folha por folha, na face que dá para o sol, e quanto mais o desenho do chão vai concentrando seu preto, mais vai se encolhendo e se encurtando como que sugado pelas raízes, engolido pelo pé do tronco e devolvido às folhas, transformado em látex branco nas nervuras e nos pedúnculos, até que, no momento do sol mais alto, a sombra do tronco vertical desapareceu e a sombra do guarda-chuva de folhas está aninhada lá embaixo, no grude fermentado dos figos maduros caídos no chão, à espera de que a sombra do tronco torne a despontar e a empurre para o lado oposto, se espichando como se o dom do crescimento, do qual a figueira abdicou na medida em que é planta portadora de figos, passasse para esse fantasma de planta estendido no solo, até a hora em que os outros fantasmas de plantas estejam tão crescidos a ponto de cobri-la, o morro a cola a costa alagam as sombras num único lago

Então, poderia limitar minha descrição às manchas que se alargam e se encolhem conforme a hora do dia, com um movimento rotatório que os diversos níveis e declives tornam irregular e sarapintado, e ora engolem ora revelam vinhedos, sementeiras, campos amarelos de calêndulas, negros jardins de magnólias, vermelhas pedreiras, mercados, em cada lugar a sombra tem seus encontros marcados e seus itinerários, aqui é direito dela reinar sobre inteiros vales abertos, ali pode colher somente farrapos de si própria ocultados por um regador ou uma carreta, cada lugar pode ser definido com base numa escala intermediária entre os lugares onde o sol nunca bate e aqueles expostos à luz desde a alvorada até o pôr-do-sol

Chama-se "opaco" — *ubagu* em meu dialeto — aquele lugar em que o sol não bate — em bom italiano, conforme uma locução mais rebuscada, *a bacìo*, ou "sombrio" —; ao passo que se diz *a solatio* ou *aprico*, "soalheiro" — *abrigu*, em dialeto —, o lugar ensolarado. Sendo o mundo que estou descrevendo uma espécie de anfiteatro côncavo voltado para o sul, e não se incluindo nele a face convexa do anfiteatro, supostamente voltada para o norte, ali se verifica por conseguinte a extrema raridade do opaco e a mais ampla extensão do soalheiro

ou, querendo recorrer a uma metáfora extraída da vida animal, estamos num mundo que se alonga e se contorce como uma lagartixa, de modo a oferecer o máximo de sua superfície ao sol, afastando o leque das patas em ventosa no muro que vai se aquecendo, a cauda que, com estalos fili-formes, se subtrai às imperceptíveis progressões da sombra, tendendo a fazer coincidir o soalheiro com a existência do mundo

tendendo a fazer coincidir o soalheiro com a luta pela existência e, logo em seguida, com o máximo proveito, aplainando os declives para o geométrico império dos cravos que avançam ao sol, em fileiras cerradas, suas quadradas legiões, ou endireitando as muralhas verticais dos condomínios quadriculados de janelas que disputam entre si a exposição e a vista

■ *O CAMINHO DE SAN GIOVANNI*

Apenas no fundo das torrentes repletas de juncos com seu ruge-ruge cartáceo, ou nos vales que se arqueiam em cotovelo, ou atrás dos cimos protuberantes dos morros, e mais para trás, na sucessão de contrafortes da cadeia montanhosa paralela à costa, dá-se aquele assombrar-se do verde, aquela afloração de rochedos da terra escavada pela erosão, aquela proximidade do frio que sobe de dentro da terra e aquela distância não só do mar invisível, mas também do azul feroz do céu sobranceiro, aquela sensação de uma fronteira misteriosa que separa do mundo aberto e estranho, que é a sensação de termos entrado *int'ubagu*, no opaco avesso do mundo

de modo que eu poderia definir o *ubagu* como anúncio de que o mundo que estou descrevendo tem um avesso, uma possibilidade de me encontrar disposto e orientado diferentemente, numa relação diferente com o curso do sol e as dimensões do espaço infinito, sinal de que o mundo pressupõe um resto do mundo, para além da barreira de montanhas que se sucedem às minhas costas, um mundo que se prolonga no opaco com aldeias e cidades e planaltos e cursos de água e pântanos, com cadeias montanhosas que ocultam outros altiplanos cobertos de neblina, sinto esse avesso do mundo escondido para além da espessura profunda de terra e de rocha, e já é a vertigem que reboa em meu ouvido e me impele em direção ao alhures

Agora, portanto, essa reconstrução do mundo executada na ausência do mundo deveria ser retomada desde o início, definindo-me achatado em minha imobilidade de lagartixa no declive alcantilado *int'abrigu*, mas, no mesmo momento, definindo-me vertiginosamente impelido em direção ao alhures, e aqui abrir um colchete para distinguir um alhures como soalheiro absoluto abrindo-se sobre o mar sulcado

DO OPACO ∎

por embarcações distantes, e um alhures como opaco absoluto abrindo-se sobre quem olha para além de um extremo pico montanhoso

ou talvez os alhures convirjam, o navio que vejo se fazer ao largo e desaparecer no reflexo do sol atracará em portos opacos, verá muralhas cinzentas de cais emergirem de uma manhã de neblina, as luzes ainda acesas das docas,

e o caçador que torna a subir a trilha de mulas no pragal se embrenha no bosque, ultrapassando o serro da montanha, costeia um vale abrigado, faz rolar as pedras nas moitas esperando provocar uma revoada de perdizes, desce correndo pelos prados, escala um despenhadeiro, procura o porto estreito das aves migratórias, procura a extremidade para além da qual se abra para ele a visão de um país sem fronteiras, o divisor de águas de todos os divisores de águas, o teto do mundo, de onde se debruçar e conduzir o olhar para além da grande asa de sombra, até divisar uma Thule de portões dourados, uma Helsinque com sua praça branca, cidade soalheira sobre um golfo de gelo

E, mesmo considerando o observador imóvel, como de início, sua situação relativamente ao opaco e ao soalheiro permanecerá controversa, porque aquele mim mesmo voltado para o soalheiro é o lado opaco que ele vê de toda ponte árvore telhado, enquanto está em pleno sol o muro ou declive para o qual eu volto as costas, o muro florido de buganvílias, o declive onde crescem tufos de eufórbias, a cerca viva de figueiras-da-barbaria, a latada de alcaparras

mas não é isso que conta, porque, mesmo admitindo que eu ainda esteja olhando em direção à desembocadura de um vale qualquer e tenha as costas voltadas para a tor-

117

■ *O CAMINHO DE SAN GIOVANNI*

rente alcantilada e sombria, nada prova que eu esteja a ponto de avançar mais e mais para o aberto, em vez de retroceder em direção ao fundo do vale, por isso é correto dizer que o mim mesmo voltado para o soalheiro ainda assim é um mim mesmo que se retrai no opaco

e se, partindo daquela posição inicial, eu considerar as fases sucessivas desse mesmo mim mesmo, cada passo adiante também pode ser um retrocesso, a linha que eu traço vai se envolvendo cada vez mais no opaco, e de nada adianta procurar lembrar em que ponto entrei na sombra, já estava lá desde o começo, de nada adianta buscar no fundo do opaco uma saída para o opaco, agora sei que o único mundo que existe é o opaco e o soalheiro é apenas seu avesso, o soalheiro que opacamente se esforça para multiplicar a si próprio, mas multiplica apenas o avesso do próprio avesso

D'int'ubagu, do fundo do opaco eu escrevo, reconstituindo o mapa de um soalheiro que nada mais é que um inverificável axioma para os cálculos da memória, o lugar geométrico do eu, de um mim mesmo do qual o mim mesmo necessita para se saber mim mesmo, o eu que só serve para que o mundo receba continuamente notícias da existência do mundo, um engenho de que o mundo dispõe para saber se existe.

NOTA DA EDIÇÃO ITALIANA

Os cinco textos reunidos pela primeira vez neste livro foram publicados por Italo Calvino nas seguintes obras:

"La strada di San Giovanni", in *Questo e altro*, 1, 1962.
"Autobiografia di uno spettatore", prefácio a Federico Fellini, *Quattro film*, Turim, Einaudi, 1974.
"Ricordo di una battaglia", in *Corriere della Sera*, 25 de abril de 1974.
"*La poubelle agréée*", in *Paragone*, 324, fevereiro de 1977.
"Dall'opaco", in *Adelphiana*, Milão, Adelphi, 1971.

Além de termos eliminado alguns erros tipográficos, foram acrescentadas correções que o próprio Calvino efetuou nas versões previamente impressas de "La strada di San Giovanni", "Ricordo di una battaglia" e "*La poubelle agréée*".

1ª EDIÇÃO [2000] 1 reimpressão

ESTA OBRA FOI COMPOSTA PELA HELVÉTICA EDITORIAL EM BASKERVILLE
E IMPRESSA PELA GEOGRÁFICA EM OFF-SET SOBRE PAPEL PÓLEN SOFT
DA COMPANHIA SUZANO PARA A EDITORA SCHWARCZ EM JUNHO DE 2000